생각하고 싶어서 떠난 핀란드 여행

그나저나, 핀란드는 시나몬 롤이다!

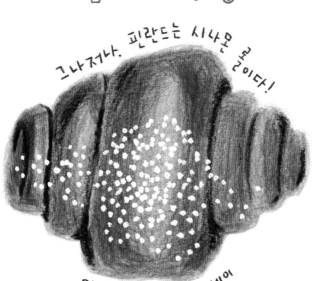

마스다 미리 그림 에세이

홍은주 옮김

이봄

여행을 떠난 김에 생각하는지,
생각하고 싶어서 여행을 떠나는지.

핀란드 나 홀로 여행.
어슬렁거리는 곳은 주로 수도 헬싱키.
트램을 타면 어지간한 관광 명소는 갈 수 있고
차내가 붐비는 일도 없다.

백화점 지하 식품매장이 알차다.
맛있는 빵집이 많다.
유명한 것은 시나몬 롤.
넓적하고, 속이 실하다.

커피를 좋아하는 사람이 많은 나라 같다.
카페에서는 혼자 시간을 보내는 사람을 곧잘 볼 수 있다.

따뜻한 커피와 시나몬 롤을 먹으며
거리를 오가는 사람들을 멍하니 바라본다.

그러면서 생각한다.
시간이라든가
인생이라든가
나 자신을.

마스다 미리

차례

핀란드 하늘 아래에서 생각하다
2017

미래에서 현재를 그리워하다
2018

3장

감을 믿고 살아간다
2019

먹고

'카페 수세스' 명물, 커다란 시나몬 롤

CAFÉ SUCCÈS

'칸니스톤 레이포모' 시나몬 롤.
베이글 같은 식감.
한 개만 먹어도 대만족

KANNISTON LEIPOMO

EROMANGA

'에로만가' 시나몬 롤. 사각사각한 설탕 토핑이 절묘하다.
카페에서 일찌감치 아침 식사

수시로
시나몬 롤
정찰

물끄럼~

KARL FAZER CAFÉ

'칼 파제르 카페' 시나몬 롤.
시나몬 듬뿍이라 카페오레와 어울린다

훌쩍 들어간 카페.
커피가 유리병에 담겨 나온다.
미니 사이즈 시나몬 롤과 함께

CAFÉ AALTO

'카페 알토' 시나몬 롤.
핀란드 건축가 알토의 카페에서

korva
puusti
시나몬 롤

먹고

'카페 스토리' 채소 버거

마리메꼬 사원식당에서 점심

슈퍼마켓에서 산 요구르트.
유제품이 맛있다

위: '실부플레' 채소 뷔페
아래: '에로만가' 피로시키
왼쪽 : '카페 엔게르' 레드
비트 버거는 마요네즈를
듬뿍 찍어서

올드마켓홀 '소파케이티오' 파프리카 수프

하카니에미 시장.
치즈가 들어간 토마토 수프

'카페 다야' 수프 런치

keitto
수프

걸쭉한 파 수프. 살짝 매콤

'카페 엔게르' 연어 수프. 매끄럽고 엷은 맛

포르보의 카페. 라즈베리 잼을 올린
명물 케이크 '루네베리 타르트'

초콜릿을 적신 딸기.
고깔 포장이 귀엽다

초콜릿 전문점 '구디오'.
대추야자 초코 케이크

'마이아스모크'.
과일 타르트와 카페오레. 탈린에서

'카페 엔게르'.
당근 케이크와 루이보스 티

'카페 알토'에서 따뜻한 한때

'카페 알토'에서 아침으로 '풀라'를.
풀라는 달달한 빵

'칼 파제르 카페'.
초콜릿을 곁들여

하카니에미 시장.
생크림 듬뿍 도넛.
동네 사람들은
수다 삼매경

'카페 알토'.
와인 코르크 마개 같은 사바랭.
촉촉한 식감

에스포 근대미술관 카페.
베이크드 치즈 케이크

Kahvila
카페

'카페 에스플라나드'.
카페오레

가벼운 이침 식사로 좋은
'카리알란피라카(죽이 든 파이)'

오래된 집들이 남아 있는 도시, 포르보.
강가에서 빨간색 목조 창고들을 바라보며 느긋하게 산책

걷고

자갈 깔린 좁은 길을 걷는다.
여기서 산다면 어느 집이 좋
을까 공상하는 재미

조용하지만 쓸쓸하지는 않은 길

Porvoo
포르보

위 : 무슨 얘기를 저리 할까? 소설 속 사람들 같다
왼쪽 : 각양각색 돌들을 내려다보며 걷는다

걷고   15

바닷가의
카이보 공원

피크닉을 즐기거나
혼자 누워 있는
사람도 있다

트램, 버스, 지하철 매표기

아무튼 편리한 트램. 붐비는 일이 거의
없다

히에타라하티 광장 벼룩시장

마켓 광장. 알록달록한 노점 좌석

마켓 광장 꽃가게

에스플라나디 공원. 오후 8시!!

Helsinki
헬싱키

헬싱키 중앙역

헬싱키 대성당

걷고

뚱뚱한 마가렛 성탑

에스토니아 수도 탈린의 집들

성벽을 따라 늘어선 기념품 가게

유럽에서 가장 오래된 라에코야 광장
크리스마스 마켓

Tallinn
탈린

걷고

핀란드 반타 시의 미르마키 교회.
리드미컬하게 매달린 조명이 빛의 음표 같다

헬싱키 중심부의 완만한 언덕. 한가로이 쉬는 사람들.
실은 이 아래가 2018년 개관한 미술관 '아모스 렉스'. 몰라서 못 갔다!

헬싱키 근교도시인 에스포의 근대미술관.
UFO처럼 생긴 주말용 레저 하우스. 핀란드 건축가 마티 수로넨의 작품

핀란드와 에스토니아를 잇는 뱃길 여행.
바다를 바라보면서 나도 생각에 잠긴다

암석을 파내 만든 템펠리아우키오 교회. 부드러운 빛이 흘러들어온다

호텔 창 너머. 오후 10시

'오리지널 소코스 호텔
프레지덴티'.
심플하고 따뜻한 분위기.
밤에는 책상에서 일기를 썼다

헬싱키 중앙역 근처 광장은 겨울에는 스케이트장으로 변신한다.
아이도 어른도 즐거워 보였다

괜히 슬퍼지는 해질녘.
트램을 타고 집에 가는 사람들을 횡단보도에서 바라보았다

핀란드
까마귀

몸집이
작고 회색

〈일러두기〉
• 각주는 모두 옮긴이의 것이다.

1장

핀란드 하늘 아래에서
생각하다

2017

핀란드에 가고 싶다는 '희망'이 '현실'이 된 날

2017년 1월 1일. 새 다이어리를 펼쳐 6월 말부터 7월 초까지의 일주일에 선을 쭉 그었다. 그러고는 이렇게 적어봤다.

핀란드에 가고 싶다.

다이어리에 '희망 사항'을 적어도 괜찮다는 사실을 처음 깨달았다.

그후로 다이어리를 쓸 때마다 그 페이지를 펼쳐보게 되었다. 이윽고 '희망'이 '예정'이 되고, '예정'이 '결정'이 된다. 몇 달에 걸쳐 차근차근 핀란드에 다가간 셈이다.

그나저나 핀란드.

이번이 세번째 여행이다. 첫번째는 여자 친구들과 갔다. 두번째는 일 때문에 프라하에 갔다가 돌아오는 길에 편집자와 헤어진 후 혼자 갔다. 일본에서 단독으로 떠나는 여행은 처음이다.

당일. 아침 5시 기상. 가랑비.

나리타 공항에 도착해 JAL 카운터에서 체크인. 수속해준 직원이 "초여름 핀란드, 좋죠! 저도 지난주에 다녀왔는데 아주 즐거웠어요"라며 웃는다. "사람들도 친절하고요"라고 덧붙이는 말에 여행 전의 막연한 불안이 조금 걷히는 것 같았다.

나리타에서 헬싱키까지는 직항으로 약 열 시간. 기내에서는 아직 국내에 개봉하지 않은 영화를 보면서 시간을 보낸다. 취침 모드로 들어가 승객들이 대부분 잠을 청하기 시작한 뒤에도 꿋꿋이 내리 몇 편을 봤는지. 도중에 객실승무원이 JAL의 명물 컵라면 '우동데스카이'를 들고 순회하기에 "저기요, 그거, 하나 먹을 수 있을까요……"하고 손을 든다. 뜨거운 물을 부어 곧바로 가져다주었다. 내 주위에는 먹는 사람이 아무도 없었다.

영화 보는 사이사이, 기내의 오셀로 게임도 몇 판 했다.

오셀로는 제법 하는 편이라고 자부한다. 대전 레벨을 올리고도 꽤 많이 이겼다. 그때마다 혼자 우쭐한 표정을 지었던 것 같다. 기내 조식이 웬걸, 모스 버거였다.

헬싱키 반타 국제공항에 도착해, 입국 수속을 마치고 슈트케이스를 찾아 서둘러 출구로 향했다. 나를 기다려주는 사람이 있는 까닭이다. 나 홀로 여행이지만, 여행 대리점에 신청할 때 공항에서 호텔 체크인까지 도와주는 플랜을 선택해뒀다. 여행 도중에 뭔가 곤란한 일이 생기면 현지 대리점에 연락해 상담할 수도 있다. 만약에 대비한 보험인 셈이다.

출구에서 기다려준 이는 에리카 씨라는 젊은 여성이었다. 시내까지는 버스를 이용하는 플랜이라 나란히 버스 정류장으로 향한다. 아, 그 전에 선물 전달식. 일본 백화점에서 사온 과자를 에리카 씨에게 건넸다. 그것만으로 서먹함이 훅 걷힌다. 에리카 씨는 몹시 기뻐해주었다.

공항에서 시내까지 버스로 약 사십오 분.

에리카 씨가 옆에 앉아 헬싱키 지도를 펼치고 가볼 만한 곳을 여기저기 추천해주었다. 에리카 씨는 남미 출신인데, 일본에 산 적이 있고 지금은 핀란드어를 공부하는 모양이다. 일 년 만에 거의 이해할 수 있는 수준이 되었다고 한다. 무려 5개 국어를 구사한단다.

헬싱키 중앙역에서 내려, 번화가를 천천히 십 분쯤 걸었을까. 숙소인 '오리지널 소코스 호텔 프레지덴티'에 도착했다. 이곳은 예전에 친구들과 왔을 때도 묵은 곳이다. 프런트에서 에리카 씨가 척척 체크인을 마치고, 내가 가고 싶어 하는 몇 군데 시설의 영업시간도 알아봐주었다.

에리카 씨와는 여기서 작별이다.

고마웠어요.

귀국할 때는 혼자 공항까지 가야 한다.

여름 핀란드는 하루종일 해가 지지 않는 백야가 계속된다.

"백야, 저는 이제 물렸어요"라며 에리카 씨가 웃었다.

마리메꼬 본점에서
검은색 블라우스를 사다

방에 짐을 놓고 곧바로 헬싱키 시내로 나왔다. 오후 5시를 넘긴 시각. 비행기에서는 결국 한 번도 눈을 붙이지 않았지만, 흥분한 탓인지 졸린 줄 모르겠다.

구름 사이로 해가 비친다. 쌀쌀해서 긴소매 카디건을 걸쳤다. 내일부터 7월인데, 얇은 코트를 입은 사람도 있다.

우선 캄피 예배당으로 향한다. 지난번에 왔을 때는 완공 전이었던지라 이번에 처음 보는 시설이다.

캄피 예배당은 호텔 거의 코앞이라 할 캄피 쇼핑센터 앞 광장에 있었다.

어떻게 설명하면 좋을까. 한마디로 '나무통'이랄까? 체육관 마룻바닥을 걷어내 커다란 통에 돌돌 말아놓은 듯한 모양새다. 창문도 없고, 입구도 한 번에 찾기 힘들다.

특정 종파는 없고 누구나 조용히 명상할 수 있는 장소라고 에리카 씨는 말했다. 입장은 무료지만, 입구 경비가 꽤 엄중하다.

실내도 나무 벽으로 삥 둘러져 있다. 마게왓파*처럼 보이기도 한다. 무척 아름답다. 긴 의자들이 놓여 있고 양초 봉헌대도 있다. 관광객들이 끊임없이 들어와 잠깐씩 가만히 앉았다가 나간다. 나도 멍하니 앉아 있었다. 마음의 고요를 위해 이런 훌륭한 장소를 만들었다니. 감탄하고 밖으로 나왔다.

지도는 갖고 있지만, 그냥 어슬렁거리기로 하자.

아무렇게나 걷다보니 에스플라나디 공원이 나왔다. 헬싱키 시내의 중심이라고도 할 수 있는 공원이다. 오래된 카페

---

* 얇은 삼나무나 향나무 판을 구부려 만드는 원통형 상자. 일본의 전통 공예 상품이며 도시락 통으로 많이 쓰인다.

와 건축가 알바 알토가 설계한 아카테미넨 서점, 핀란드를 대표하는 식기 브랜드 '이딸라'와 '아라비아' 가게가 보이고, 그 너머 항구에 시장이 있다.

시장까지 걸어갔지만 이미 파장 분위기다. 블루베리를 파는 노점만 아직 열려 있었다.

발길을 돌려 마리메꼬 본점으로 향한다. 이전에는 에스플라나디 공원을 바라보는 자리였는데 그새 장소가 조금 바뀌었다.

여기 일본인가, 싶을 정도로 가게 안은 일본 관광객으로 붐볐다. 마침 헬싱키 전체가 세일 기간이라, 마리메꼬에도 30퍼센트 할인 딱지가 붙어 있다.

여성 판매원들이 다들 명랑 쾌활하다. 입어보고 싶다니까 '오브 코스(물론이죠)!' 하며 시원시원하게 피팅룸으로 안내해준다. 검은색 반소매 블라우스를 한 장 샀다.

아카테미넨 서점 2층에 있는 카페 알토에서 오렌지주스를 마시면서 잠시 쉰다. 여행 내내 여러 카페에서 오렌지주스를 마셨지만, 모두 그 자리에서 생오렌지 즙을 내서 내왔다. 얼음 없이, 유리잔이 넘치기 직전까지 찰랑찰랑 따라주는 것도 똑같았다.

캄피 쇼핑센터 안 카페에서 저녁에 먹을 과일 샐러드와 요구르트를 사고, 지하 슈퍼마켓도 들러봤다.

해외에서는 슈퍼마켓도 즐거운 관광의 일부다. 선물용으로 인스턴트 수프를 물색한다.

송이버섯 그림이 그려진 상자가 눈에 띄었는데, 수프 판매대와는 조금 떨어진 데 있었다.

뭘까, 이거.

핀란드어라 알 수가 있나. 마침 학생 같은 남자아이가 지나가기에 "이즈 디스 수프(이거 수프예요)?"라고 물어보니 "디스 이즈 소스(소스예요)"란다. 흠, 소스였구나. 수프랍시고 사 갔더라면 낭패를 볼 뻔했다. 선물용으로 인스턴트 파수프 등 몇 가지를 사서 호텔로 돌아간다. 오후 8시를 넘기고도 태양은 환하게 빛났다.

식후 커피는
카페 알토에서

아침, 커튼을 젖힌다. 어젯밤과 똑같은 창창한 하늘. 정말로 하룻밤 자고 일어났는지 살짝 의심이 든다. 몸이 아직 백야에 적응하지 못해 시간 감각이 없다. 그러고 보니 에리카 씨는 백야가 계속되는 계절에는 오후 7시면 암막 커튼을 쳐서 밤 같은 분위기를 조성한댔지.

호텔에서 간단히 아침을 먹고 밖으로 나간다. 식후의 커피는 아카테미넨 서점의 카페 알토에서.

오늘은 일단 '확인' 관광이랄까. 가이드북에 실린 소품 가게를 돌아보기로 한다. 지도를 한 손에 들고 임무 수행하듯 한 군데씩 짚어나간다. 좋아, 여기 봤고, 좋아, 저기 갔고, 뭐 이런 느낌이다. 귀여운 소품을 보면 절로 지갑이 열리지만, 예전만큼은 아니다. 요즘은 오히려 집에 있는 물건도 조금씩 처분하면서 나름 미니멀한 생활을 지향하는 중이랄까.

한 번 휙 돌아보고 항구 쪽으로 향한다. 엽서를 몇 장 사고, 항구에서 가까운 올드마켓홀의 수프 가게 '소파케이티오'에서 점심을 먹는다. 파프리카 수프는 씁쓸 깔끔한 맛. 부드러운 벽돌색 수프 속에서 작은 덩어리가 씹혀 식감도 재미나다. 마음 같아서는 한 그릇 더 먹고 싶지만, 대기하는 사람들도 있어서 참았다.

미술관, 슈퍼마켓, 카페를 들락날락하면서 헬싱키 거리를 걷는 오후. 즐거워야 마땅한데 어딘지 채워지지 않는 부분이 있다.

여행 전에 걱정하던 일이 있었는데 해결하지 못한 채 떠나온 탓이다. 아니 어쩌면 그 일을 천천히 생각해볼 좋은 기회인지도 모른다.

자신을 지키는 일은 중요하다.

하지만 너무 지키다가 도망갈 데가 없어지기도 한다.

오셀로와도 비슷하지 않을까.

비행기에서 했던 오셀로 게임. 상대의 공격이 무서워서 수비에만 치중하다가는 외려 자신의 돌에 가로막혀 옴짝달싹 못하게 된다. 그러면 좀처럼 만회하기가 힘들다.

지킨다는 건 뭘까.

누군가를 싫어하거나 미워하고 싶지 않다는 회피와 비슷할까. 길을 걸으며 그런 생각을 했다.

저녁은 마음 편하게 셀프서비스 카페에서. 진열창에 있던 호두와 블루치즈 샌드위치를 먹고 싶은데 도무지 말이 통하지 않는다.

아니, 거참 답답하네, 호두가 '월넛' 아니냐고요.

세 번쯤 말해도 못 알아들어서 적당히 '예스'라고 했더니 토마토와 햄 샌드위치가 나왔다. 음, 그냥 먹기로 하자.

토마토와 햄 샌드위치를 먹으면서, 해외여행을 생각한다.

십 대나 이십 대의 해외여행과 중년 이후의 해외여행. 확실히 다르다고 느낀다. 여행에서 체험한 일을 토대로 미래를 설계하거나, 여행이 인생의 전환점이 될 수도 있다고 기대하는 일은 갈수록 드물어진다. 물론 지금은 지금대로 즐겁지만, 뭔가를 잃어버리는 것은 역시 쓸쓸하다.

밤에는 비가 조금 내렸다.

호텔 침대에 드러누워, 집에서 챙겨온 전자사전으로 '호두'를 검색했다. 발음 버튼을 누르자 '월넛'보다는 '워넛'에 가까웠다. 몇 번 연습하다가 잠들었다.

배 타고 당일치기, 중세 도시 탈린으로

사흘째에는 핀란드에서 배를 타고 에스토니아 수도 탈린으로 가보기로 한다.

세계유산으로 등록된 탈린 구시가지는 아름다운 중세 거리의 모습이 남아 있다고 한다. 배로 편도 두 시간이니까 당일치기가 가능하다.

헬싱키 중앙역 앞에서 트램을 타고, 항구가 있는 종점 웨스트 터미널역으로 이동한다. 어제 이미 역도 답사하고 티켓도 예약한 덕에 마음이 여유롭다.

게이트를 지나 에스컬레이터를 타고 올라간다.

널찍한 대합실이 나온다. 오픈 카페도 있다. 예약한 티켓을 받을 때는 여권을 제시했지만, 승선할 때는 왕복 두 번 다 티켓 검사를 하지 않았다.

오전 10시 30분 출항. 3000명쯤 탈 수 있는 대형 객선이다. 좌석은 자유석이라 창가 쪽부터 점점 채워진다. 푸드코트 같은 셀프서비스 카운터가 몇 개 있는데, 자리를 확보한 사람들이 맥주며 먹을 것을 사느라 곧바로 긴 줄이 생겼다.

우선 적당한 자리에 앉아 한숨 돌린다. 아까 집어온 일본어 카탈로그를 들여다본다.

선박명은 메가스타호.

기념품 판매장, 아이들을 위한 놀이방, 비즈니스 클래스 전용 라운지. 뷔페 레스토랑도 갖춰진 모양이다.

선내를 탐색할 요량으로 기념품 판매장까지 가봤는데, 배가 흔들려서 좀 어질어질했다. 얌전히 자리에 앉아 라이브 연주를 구경했다.

젊은 여성 보컬이 사랑 노래를 불렀다.

그녀는 어쩌다가 이 배에서 노래를 부르게 됐을까? 어려서부터 줄곧 꿈꿔온 일인지도 모른다. 아니면 아직 꿈꾸는 도중인지도 모른다. 나도 꿈이 있었다. 유치원 교사. 초등학교 선생님. 서커스 단원. 시인. 그림 그리는 일도 동경했다.

색칠 그림책을 색연필로 칠하면서 "어떻게 하면 이 그림책 밑그림을 그리는 사람이 될 수 있을까?" 같은 생각을 했다.

일러스트레이터가 됐으니 꿈 하나는 성취한 셈이다. 나름 노력도 했지만, 무엇보다 그림 그리기가 정말 즐거웠다. 입시를 위한 소묘 연습마저도.

그녀의 노래를 들으면서, 지금과는 전혀 다른 내 인생을 상상해보았다.

어딘가 먼 외국의 작은 도시에 사는 거다. 겨울이면 눈이 많이 내리는 곳에.

도시에 하나뿐인 키오스크에서 나는 판매 일을 한다. 점장 겸 점원. 내 가게다.

해질녘에 가게를 닫고, 바다가 보이는 길을 걸어 휘파람을 불면서 집으로 돌아간다.

주말이면 가족들과 피크닉을 가고, 여름은 바닷가에서 보낸다. 겨울이 오면 난로 앞에서 친구들과 보드 게임을 즐기고, 고양이를 키우며, 취미는 으음, 뭘로 할까, 우표 수집이다. 할머니한테 물려받은 오래된 피아노를 아끼며 간간이 연주한다. 그런, 또하나의 인생.

당신의 창문에서는 뭐가 보이나요?

여객선은 점심때가 지나 에스토니아 탈린 항에 도착했다. 세계유산인 구시가지 입구까지는 걸어서 15분 정도. 항구를 따라 걸어가면 되니까 길을 헤맬 일은 없었다. 드문드문 맨션 따위가 있는, 뭐랄까 좀 살풍경한 길이다.

다른 집 베란다를 올려다볼 때, 사람들은 무슨 생각을 할까?

벌써 꽤 옛날 일이다. 이십 대에 잠깐 다녔던 영어회화 학원에서 자신의 방을 영어로 설명하는 수업이 있었다. 침

대가 있습니다. 책상이 있습니다. 옷장이 있습니다. 초급반
인지라 다들 더듬거리며 설명을 마쳤다. 그다음엔 학생들
끼리 영어로 질문해보라고 했다.

커튼은 무슨 색깔인가요? 방 크기는 어느 정도입니까?

내 차례가 와서 "당신의 창문에서는 뭐가 보이나요?"라
고 엉성한 영어로 물었는데 미국인 강사가 "어머나, 아주
좋은 질문이네요!"라고 칭찬했다.

기발한 질문을 해야겠다는 의식은 전혀 없었다. 다들 어
떤 경치를 보면서 사는지 궁금했을 뿐이다. 힘든 일이 있던
밤, 이 사람들은 창 너머로 무엇을 바라볼까.

그래서인지 다른 집 베란다를 올려다볼 때면 거기 사는
사람의 시선으로 주위를 한번 돌아보고는 한다.

'뚱뚱한 마가렛 성탑'이 보이기 시작했다. 약 500년 전 구
축한 포탑이라는데, 애칭이 시사하듯 둥그렇고 크고 육중
하다. 내부가 박물관이라는 사실은 집에 돌아오고 나서야
알았다.

구시가지는 성벽에 둘러싸였는데, '뚱뚱한 마가렛 성탑'
을 지나면 별세계가 펼쳐진다.

빨간색 지붕이 귀여운 집들. 벽은 분홍색이나 크림색의 파스텔톤. 포석 깔린 길을 걸으면서 찰칵찰칵 사진을 찍는다. 딱히 구도를 잡지 않아도 찍기만 하면 전부 그림엽서다.

우선 라에코야 광장으로 향한다. 기념품 가게와 레스토랑이 늘어선 도시의 중심부다. 구시청사의 높다란 탑을 올려다보면서 걸으면 헤맬 일은 없다.

가는 길에 가이드북에 실린 유서 깊은 카페 '마이아스모크'도 들렀다. 탈린에서 가장 오래된 카페로, 1806년에 문을 열었단다.

가게 안은 관광객으로 붐볐다. 따뜻한 카페오레와 과일 타르트를 주문하고 창가 자리에 앉는다. 딸기, 라즈베리, 거대한 블루베리가 두 알 올라간 타르트. 핀란드도 그렇지만 이곳도 유제품이 특히 맛있다. 과일 타르트에 사용한 생크림이 진하고 부드러워서 아껴 먹었다.

라에코야 광장에 도착했다. 가게들에 둘러싸인, 유럽에서 흔히 볼 수 있는 광장이다. 일본에서는 이렇게 건물이 에워싸는 광장은 보기 힘들다. 집들은 대개 '큰길'을 바라보거나 '골목길'에 자리잡는다.

탈린은 리넨 제품이 유명하다기에 색깔이 산뜻한 플레

이스 매트를 몇 장 샀다. 성벽을 따라 늘어선 기념품 가게에서 털장갑도 몇 개 선물로 구입했다. 헬싱키보다 물가가 싸다고 가이드북에는 적혀 있었지만, 관광객을 상대하는 가게는 별 차이가 없었다. 참고로 화폐는 핀란드와 마찬가지로 유로다.

성벽 위가 전망을 볼 수 있는 긴 통로로 되어 있어서 나도 올라가 탈린 시가지를 내려다본다. 입구 매표소에 걸린 그림이 무시무시해서 사실 처음엔 귀신의 집인 줄 알고 돌아섰다.

성벽 위에서 사진을 찍으면서 크게 후회했다.

탈린에 머무는 시간, 너무 짧게 잡았잖아!

네 시간이면 넉넉할 줄 알고 돌아가는 배를 예약했더니 제대로 점심 먹을 시간도 없고, 결국 처음부터 끝까지 빠른 걸음으로 돌아다녀야 했다. 두 시간 늦은 18시 20분 배였으면 초콜릿이 유명하다는 카페의 핫 초콜릿도 맛볼 수 있었는데……. 떨어지지 않는 발걸음으로 항구로 돌아가 배를 탔다.

돌아오는 배 안에서는 뷔페 레스토랑을 이용했다. 일본 돈으로 치면 3000엔 정도. 순록고기 조림과 미트볼 같은 북유럽 요리도 있었다.

디저트 코너에서 위험한 것을 발견했다. 볼에 소복하게 담긴 생크림이다. 비스킷에 찍어 먹어봤는데 솜사탕처럼 폭신하면서도 뒷맛이 진하다.

어쩐다, 너무 맛있어, 이러면 반칙이잖아!

급기야 생크림만 접시에 담아와 커피와 함께 먹는 폭거를 저지르고 말았다…….

좌석 배치도 여유 있었고, 두 시간 자릿세가 포함됐다고 생각하면 가성비가 괜찮은 레스토랑이었다.

최고의 성찬은 '태양'이구나

밤. 호텔 침대에서 백야의 하늘을 올려다보면서 생각한다.

무슨 일(대개는 싫은 일)이 터질 때마다 결국 사람은 다 죽는 걸 뭐, 하면서 그냥 넘어가고 싶어진다.

우리는, 어차피 죽는다. 100퍼센트다. 모든 사인은 '태어났다는 것'이라고 철학자 이케다 아키코 씨는 말했다.

나를 아는 인간도 반드시 죽는다. 아무것도 남지 않는다.

그렇게 생각했던 시기도 있지만 지금은 조금 다르다. 내가 만났던 사람들 속에도 나의 파편이 남아 미미하나마 이 세계와 계속 교감하면서, 비록 원래 모습은 아닐지라도 사라지지 않고 전달된다. 이런 느낌이랄까.

나 자신도 마찬가지라고 생각한다. 내가 읽은 책. 내가 본 영화, 연극, 시, 그림. 누군가와 나눈 많은 대화. 그것들에 알게 모르게 영향을 받고, 그것들이 뒤섞여 나라는 인간이 되었다. 나는, 나 하나로만 만들어지지 않는다.

나의 파편은 계속해서 잘게 쪼개지면서 동시에 어딘가에 남지 않을까.

탈린 관광을 마치고 헬싱키로 돌아와도 아침과 다름없이 밝다. 오히려 햇빛이 강해져서 밤 8시경에는 거의 뙤약볕이다. 이 시간부터 공원에 피크닉을 나오는 사람들도 많아, 잔디밭에 앉아 여유롭게 담소를 즐기는 광경을 볼 수 있다. 뭐니 뭐니 해도 이 사람들에게 최고의 성찬은 '태양'이구나. 이 나라에는 어둡고 긴 겨울도 있다는 사실이 새삼 절실하게 전해온다.

에스플라나디 공원에 크레이프를 파는 노점이 나와 있었다. 노점이란 말도 무색하고, 그냥 자전거의 짐 싣는 곳에 핫플레이트만 없었다는 표현이 정확하지만. 홍 많은 주인 청년이 노래로 손님을 불러모은다. 엄청나게 대충 부르는데, 그게 또 엄청나게 신나 보여서 지나가던 사람들이 발을 멈추고 웃는다. 크레이프는 심하게 두껍고 테두리가 타버려서, 노래 못지않게 완성도가 떨어진다. 중학생쯤 되어 보이는 남자아이들이 키득거리며 사 먹었다.

대충 부르는
노래가
왠지
흥 폭발

에스플라나디 공원의
크레이프 노점(?)

카페 알토에서
'뮤지션'을 주문했다

　나흘째는 카페 알토에서 아침 식사. 오전 9시 개점과 동시에 첫번째로 입장한다.

　자리에 앉자 "재패니즈 메뉴?" 하면서 일본어 메뉴를 가져다준다.

　모닝 세트는 네 종류다. '알토' '시인' '뮤지션' '라파엘로'. 흠, 그럴싸한 이름들이다.

　나는 '뮤지션'을 골랐다.

검은 빵, 요구르트, 두툼한 토마토 한 쪽, 마찬가지로 두툼한 오이 한 쪽, 치즈, 견과류와 말린 과일이 들어간 시리얼, 신선한 오렌지주스, 커피.

이렇게 구성된 것이 1300엔 정도다. 물가가 비싼 북유럽에서는 가성비가 좋은 편이다. 양이 은근히 많아서 배가 꽤 불렀다.

플로어는 젊은 여성이 혼자 담당했다. 넓은 공간은 아니지만, 그녀의 군더더기 없는 시원시원한 움직임은 거의 감동적이기까지 하다. 테이블 사이를 이동할 때도 언제나 잰걸음이다. 흡사 작은 새 한 마리가 경쾌하게 날아다니는 느낌이다. 단골들에게도, 나 같은 관광객에게도 똑같이 쾌활하게 웃으며 대해줘서, 출발 전 JAL 카운터에서 들었던 "핀란드는 사람들도 친절하고요"라는 말이 절로 떠오른다.

아침을 먹고 전철로 미르마키 교회로 이동. 일명 빛의 교회라고도 불리는 아름다운 교회란다.

헬싱키 중앙역에서 P선 열차를 타고 약 20분. 반타 공항으로 가는 노선이기도 하다.

이 여행에서 처음, 차내에서 티켓 검사가 있었다. 전철, 트램, 버스 등 헬싱키의 대중교통은 검표 시스템이 없다.

대신, 티켓 검열대가 가끔 차내에서 불시 검사를 실시한다. 티켓을 소지하지 않으면 10000엔 가까운 벌금을 물리는데, 티켓을 소지했어도 주눅 들 정도로 검열대는 위압감이 있다. 무임승차 승객이 다른 차량으로 이동하지 못하도록 앞뒤에서 서서히 조여온다. 내 티켓은 여성 검열대원이 검사했다. 티켓을 확인하고는 내 손톱을 흘금 쳐다보는 모습이 귀여웠다. 참고로 핀란드 여행 전에 네일샵에서 예쁘게 꾸미고 온 손톱이다.

루헬라 역에 내리자 플랫폼에서 미르마키 교회가 바로 보였다.

역을 나와 교회로 향한다. 건물 일부가 보이는데, 뭔가 무뚝뚝하게 생겼다. 높다란 직사각형 벽과 그 위에 덜렁 올라간 십자가. 십자가 끝에 까마귀가 한 마리 앉아 있었다.

이윽고 건물 전체가 눈에 들어온다. 땅바닥에 거대한 화이트 초콜릿을 늘어세운 듯 깔끔한 건물이다.

안으로 들어가자 덩치 큰 남자가 서 있었다. 접수 직원인 듯한데, 아마 창문으로 내가 오는 모습이 보였던 모양이다.

"어디서 오셨어요?"라고 영어로 묻더니 내 대답이 채 끝나기도 전에 일본어 팸플릿을 내밀었다.

남자가 앞장서서 예배당으로 안내한다.

문을 열자 안은 온통 눈처럼 새하얗다. 새하얀 벽, 새하얀 의자. 높은 박공 천장에 리드미컬하게 늘어뜨린 별 같은 조명들.

우와.

나도 모르게 탄성을 흘리자 직원이 흡족한 듯 고개를 끄덕였다. 그러고는 천천히 보세요, 같은 말을 하고 나갔다. 제단 근처는 갈 수 없지만 사진은 자유로이 찍어도 좋다고 한다.

고요했다.

더없이 고요한데, 마음속에서 음악이 울린다.

아름다운 광경을 보고 눈물이 흐른 적은 몇 번이나 있지만, 여기서도 그랬다.

잠시 새하얀 긴 의자에 앉아 천장을 올려다보았다. 창에서 흘러든 햇살이 벽을 타고 내려와 실내 전체를 감싼다.

건축가는 헬싱키 출신의 유하 레이비스카. 공모전의 치열한 경쟁을 뚫고 미르마키 교회 설계를 맡았다고 한다. 예배당 밖의 테이블과 의자는 알토의 작품이다.

처음에는 밤하늘의 무수한 별처럼 보였던 조명이 점차

'음표'처럼 느껴졌다. 허공에 뜬 빛의 음표. 그 때문인지 아무 소리도 들리지 않을 터인데 리듬이 느껴진다.

일본어 팸플릿이 있는 걸로 보아 일본 관광객도 많이 방문하는 모양이다. 미르마키 교회는 내 가이드북에는 실리지 않았지만, 예전에 우연히 알게 되어 가보고 싶었던 곳이다. 운 좋게 나 혼자 전세 낸 상태였다. 여행 첫날, 호텔까지 안내해줬던 에리카 씨가 견학 가능한 시간과 날짜를 전화로 알아봐준 덕분이다.

트램을 타고
시나몬 롤 만나러 가는 길

미르마키 교회에서 헬싱키로 돌아와, 트램을 갈아타고 하카니에미 시장으로 향했다. 현지인들이 이용하는 서민적인 시장으로 1층에 식품, 2층에 생활 잡화를 판다. 마리메꼬 매장도 있으니 일단 좀 점검해볼까.

아니나 다를까 이곳 마리메꼬 매장에서도 일본에서 온 젊은 여성들이 대거 쇼핑 중이었다. 가격이 착한 파우치를 발견하고 선물용으로 대량 구입했다.

다시 트램을 타고 이번에는 '카페 수세스'로 향한다. 목적은 시나몬 롤이다. 지난번 나 홀로 여행 때 맛있어서 감격했던 카페다.

커피와 함께 시나몬 롤을 주문했다. 한 입 베어 문다.

앗, 맞다!!

지난번에는 개점 시간에 맞춰 와서 갓 구운 따끈따끈한 걸 먹을 수 있었는데. 기왕이면 이번에도 그럴걸. 후회막심이다.

가게를 나와 바다가 보이는 카이보 공원으로 향했다.

이건 공원의 경지를 넘어 거의 숲이었다. 바다가 멀리까지 보이는 야트막한 바위가 많이 있어서, 나도 바닷바람을 맞으며 잠시 경치를 즐긴다. 더 머물고 싶었지만 화장실이 가고 싶어져 카페라도 들어가고 싶은데 어디에 뭐가 있는지 알 수가 있나. 거의 한계점에 다다랐을 때 트램에 뛰어 올라 시내로 돌아왔다.

헬싱키 대성당 바로 앞, 오래된 카페 '엔게르'에서 가까스로 한숨 돌린다.

옆 테이블 남녀가 뭔가 먹음직스러운 요리를 먹고 있었다. 언뜻 봐서는 파삭하게 튀긴 햄버그스테이크다. 두 사람의 대화로 짐작하건대 채소 요리인 듯한데. 불그스름하니 당근인가? 호기심 지수가 가파르게 상승했지만, 아까 먹은 시나몬 롤 때문에 더 들어갈 배가 없는 게 한이다.

내일 저녁은 기필코, 반드시, 나도 저걸 먹고 말리라 다짐하고 가게를 나왔다.

아침 일찍 호텔을 나와 하루종일 줄기차게 걸었다. 다리도 아프고 허리도 묵직한데, 날이 환한 탓에 숙소로 돌아가야겠다는 자각이 들지 않으니 문제다. 카페 엔게르를 나온 후에도 아카테미넨 서점에 갔다가, 스토크만 백화점 지하의 거대한 식품매장을 샅샅이 훑었다. 이제 정말 에너지가 완전히 방전됐다. 밤 10시가 넘어 캄피 쇼핑센터 앞 광장을 가로질러 호텔로 돌아올 때는 거의 거북이 걸음이다.

다음에 또 오게 되면 제발 좀 여유롭게 다니자고 맹세하면서도 내일은 내일대로 오전부터 알토 아틀리에 견학을 갈 예정이란 말이지, 하고 스케줄을 점검하며 호텔로 돌아온다.

저녁은 스토크만 백화점에서 포장해왔다. 무게를 재서 파니까 요것조것 조금씩 맛볼 수 있다.

치킨과 베이비콘 카레, 밥, 마늘이 듬뿍 들어간 감자 샐러드, 롤 캐비지.

다 해서 1000엔쯤이다. 전부 맛있다. 롤 캐비지는 판매원 아가씨가 추천했는데, 속에 밥이 들어서 쫀득쫀득했다.

두 달 전의 나에게
하고 싶은 말

여행 전에 마음을 어지럽히던 일이 여행을 떠나왔다고 해결되는 것도 아닌지라, 핀란드 하늘 아래에서도 간간이 기분이 가라앉았다.

다만 두 달 후 이 글을 쓰는 나는, 그렇게 심각하게 고민할 일도 아니었군, 하고 말짱하다.

고민은 그야 없는 편이 좋다.

그렇지만 고민이 전혀 없는 상태가 정상이라고 생각하

면서 살아가자면 좀 지칠 수 있다. 하나를 해결해도 계속해서 다음 고민이 들이닥치는 까닭이다.

괜찮아, 그냥 즐겁게 여행하면 돼.

두 달 전 나에게 가르쳐주고 싶지만, 과거로 돌아갈 재주는 없거니와 애초 핀란드는 너무 멀다.

그나저나 여행 닷새째.

재빨리 준비하고 카페 알토로 아침을 먹으러 간다. 어제의 모닝 세트는 양이 많았던지라, 오늘은 오렌지주스와 풀라만 주문한다. 풀라는 간단히 말해 달달한 빵이다. 다시 봐도 느낌이 좋은 여성 스태프가 활기차게 테이블 사이를 누빈다.

아침을 먹고 알토 아틀리에로 향한다.

1954년에서 1955년에 걸쳐 세워진 알토 아틀리에는 지금도 알토 재단사무소로 사용된다. 하루에 두 번, 건물 내를 도는 유료 가이드투어가 있는데, 11시 30분부터 시작하는 투어 시간에 맞추기 위해서 트램을 탔다.

라일라덴아우키오 역에서 하차. 내린 적이 있는 역이다. 알토 하우스도 여기서 가까워서, 예전 여행 때 그쪽 투어에 참가했다.

역에서 걸어서 약 10분. 아틀리에는 새하얀 벽의 정갈한 외관이라 잘 보지 않으면 그냥 지나치기 십상이다.

투어 시간을 15분 남기고 무사히 도착했다. 나보다 먼저 온 사람이 세 명 있었다. 입구에 안내판이 있다. 맨 위가 영어, 다음이 핀란드어, 마지막이 일본어다. 일본인은 알토를 상당히 좋아하는 모양이다.

시간이 되자 사람들이 모여들어 결국 열 명쯤 되었던가. 일본인은 나를 포함해 네 명이었다.

접수대에서 18유로를 내면 맨 처음 1층의 작은 방으로 안내된다. 원래는 식당이었다는데 조리장도 있고, 창문에 빨간색 깅엄 체크무늬 커튼이 걸려 있었다. 가구도 물론 알토의 디자인이다. 검은색 상판의 테이블, 흰색 식기장, 적갈색 바닥. 팽팽함 속에도 부드러움이 느껴진다. 옆으로 길쭉한 창문에서 햇살이 쏟아져 들어왔다.

담당 가이드가 와서 이윽고 투어 시작. 건물 내부 설명을 아주 열심히 해주는데, 물론 영어니까 대충밖에 알아듣지 못한다.

입구 매점에서 일본어 카탈로그를 파니까 나중에 사서 복습하면 돼. 가이드의 말투나 표정을 기억해뒀다가 카탈로그와 대조해보는 재미도 있고.

계단을 오르면 제도실이다. 안쪽으로 긴 방 양쪽에 육중한 작업대가 몇 개나 늘어서 있다. 한쪽으로만 경사진 흰색 천장이 뭔가 기분 좋은 느낌을 준다. 중정이 보이는 아틀리에로 안내됐을 때는 사람들이 일제히 "와아아!" 하면서 몸을 앞으로 내밀었다. 출신국은 달라도 아름다운 광경 앞에서는 똑같은 반응을 보인다.

여기서 설명이 끝나자 잠시 자유 시간이다. 사진을 찍기 위해 다들 여기저기로 흩어진다.

혼자 참가한 한국인 청년이 내게 사진을 찍어달라고 부탁했다. 알토의 의자에 앉아 있는 모습을 찍어달란다.

맡겨주세요!

청년의 '인생 사진'을 찍어주겠다는 일념으로 이리저리 신중하게 구도를 잡아보는 나. 이럴 때 나는 스스로도 아주 반짝인다고 느낀다.

나를 좋아하는 순간도, 나를 싫어하는 순간도 있다.

나를 좋아하는 순간에는 근거 없는 자신감으로 충만해진다.

이만하면 인생 사진이 되었을까? 그는 그 사진을 소중한

이들에게 보여주겠지. 누군가의 사진을 부탁받는 것은 자랑스러운 일이라고 생각했다.

알토 아틀리에 겐안

흠, 물이 흐르는 것 같은 계단

이틀 연속으로 간 카페
파프리카 수프가 맛있다

알토 아틀리에를 만끽한 다음 트램을 타고 시내로 돌아
왔다. 가이드북에 실린 수프 가게를 찾아갔지만 아쉽게도
휴일이다. 근처 카페에 용기를 내어 들어가봤다.

"수프 런치, 플리즈."

와인 비니거를 뿌린, 살짝 새콤한 파프리카 수프가 나왔
다. 뷔페 스타일 샐러드 바가 있고, 커피와 홍차도 마음껏
마실 수 있다. 이른바 관광 명소에서 좀 떨어진 곳이라 현

지인 비율이 높아서 긴장했지만, 맛있어서 결국 다음날도 또 갔다. '카페 다야'라는 가게다.

이날 기온은 약 15도. 벚꽃이 피기 직전의 쌀쌀함을 상상하면 된다.

점심을 먹고 히에타라하티 벼룩시장까지 가본다. 마켓 앞 광장에서 시민들이 매일 벌이는 벼룩시장이다. 집에 굴러다니는 잡동사니를 다 챙겨 나온 듯한 사람도 있고, 꽤 본격적인 골동품을 늘어놓은 사람도 있다. 마리메꼬 구제 옷과 아라비아 식기도 눈에 띄어서 한번 휙 둘러보고 만족. 그런 다음 키아스마 국립현대미술관에서 현대미술 전시회를 보고 나오니 해질녘이다. 일단 호텔로 돌아가 잠시 침대에 몸을 눕히고 에너지를 재충전한다.

오늘 하루의 일정을 돌이켜본다.

알토 카페 – 알토 아틀리에 견학 – 카페에서 점심 – 하카니에미 시장 – 카페에서 시나몬 롤 먹음 – 벼룩시장 – 미술관

빡빡하게도 채웠구나.

한 시간쯤 눈을 붙이고, 무거운 몸을 억지로 일으켜 다시

시내로 나간다.

밤 7시. 태양이 눈부시다. 저녁은 어제 마음먹은 대로 헬싱키 대성당 앞 카페 엔게르에서. 카운터에서 먼저 주문하고 계산하는 시스템이다.

디너 메뉴는 뭐가 있는지 물어본다. 영어로 세 개쯤 설명해줬지만 잘 알 수 없어서, 채소 요리를 먹고 싶다고 하자 점원이 "그렇다면 이거예요!"라고 일러줬다. 13.9유로를 계산하고 자리에 앉는다. 제발, 어제 옆자리 남녀가 먹었던 요리가 나오게 해주세요……. 기도한 보람이 있었는지 똑같은 요리가 나왔다.

"맛있게 드세요!" 하면서 접시를 내려놓기에, 나도 기운차게 "고맙습니다!"라고 대답한다.

햄버그스테이크처럼 보였던 것은 레드비트를 채 썰어 동그랗게 뭉쳐 튀긴 요리 같았다. 식감이 아삭하니까 밀가루도 좀 섞지 않았을까. 듬뿍 곁들여진 마요네즈를 아낌없이 찍어 입으로 가져간다. 이거다, 피로한 내 몸이 원했던 짠맛.

손님 연령층은 꽤 높았다. 와인을 곁들여 식사하는 사람도 있고, 커피와 케이크를 먹으면서 수다 삼매경에 빠진 그

룸도 있다. 혼자 밥 먹는 사람도 제법 보인다. 이국의 여행지에서, 편안한 마음으로 혼자 저녁을 먹을 수 있는 가게를 발견해 흐뭇하다.

내일은 드디어 귀국하는 날. 카페 엔게르를 나온 후, 뭔가 아쉬워서 초콜릿 전문점 칼 파제르 카페도 들렀다.

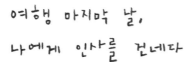

여행 마지막 날,
나에게 인사를 건네다

마지막 날. 흐림.

7월인데도 아침은 다운재킷이 필요할 정도로 쌀쌀하다.

짐을 싸서 호텔 프런트에 맡긴다. 슈퍼마켓에서 산 수프, 초콜릿 과자, 장기간 보관할 수 있는 빵 등, 먹을 것으로 슈트케이스가 빵빵하다.

아침은 에스플라나디 거리의 카페 에스플라나드에서. 진열창에 케이크와 빵이 그득한 셀프서비스 카페다. 여행 내

내 몇 번인가 차를 마시러 들렀는데, 워낙 넓어서 아무리 붐벼도 문제없이 자리를 확보할 수 있었다.

창가 자리에서 따뜻한 카푸치노와 카리알란피라카(죽이 든 파이)로 아침 식사.

몇 시간 후면 비행기에서 영화를 보고 있으리란 게 상상이 잘 되지 않는다.

여행 내내 스마트폰을 꺼두었다. 메일도 인터넷도 보지 않았다. 줄기차게, 정말 줄기차게 관광만 했던 일주일이다. 스케줄을 너무 욕심부렸다고 반성하면서도 '언제 또 올 줄 알고'라는 심리에 무릎을 꿇는 나. 내 인생이 대략 어느 지점까지 와 있는지 나도 모르니 별 수 없다.

호텔에서 슈트케이스를 찾아 버스를 타고 공항으로 향한다.

도중에 멀리 유원지가 보였다. 정점까지 올라간 드롭 타워가 막 낙하하는 참이다. 수직 하강하는 광경을 보자 내 발밑까지 서늘해졌다.

이국의 거리를 차창 너머로 내다보는 일은 즐겁다.

또다른 나를 뚜벅뚜벅 걷게 해, 느낌 좋은 레스토랑의 문을 밀게 한다. 그곳에서, 나는 누구와 만날 약속을 했을까?

안녕.

있을 리 없는 자신과 작별하고 나니 갑자기 울고 싶어졌다.

2장

미래에서
현재를 그리워하다

2018

일 년 만의 핀란드

　나리타 공항에서 헬싱키로 향한 것은 8월 말.

　작년은 현지 가이드가 마중을 나왔지만, 올해는 항공권과 호텔만 예약했다. 당연히 호텔 체크인도 스스로 해야 한다.

　우선, 해외에서 스마트폰을 사용하기 위해 '세계 데이터 정액'이라는 어플을 이용하기로 했다. 24시간에 980엔으로 메일과 인터넷을 국내에서와 똑같이 사용할 수 있는 상품이다.

비행기는 왕복 JAL을 선택했다. 지난번 귀국할 때 JAL이 편했던 기억이 있어서다. 헬싱키 반타 국제공항은, 당연하지만 국적기인 핀에어 카운터가 압도적으로 많다! 어디서 수속해야 하는지 몰라 우왕좌왕하는 일본인을 다수 목격했다. 그러는 나도 몇 년 전에 우왕좌왕했던 사람이기는 하지만.

그 점에서 JAL은 일목요연하다. 워낙 구석진 곳에 카운터가 있다보니 외려 눈에 띈다.

약 열 시간 비행 끝에 헬싱키에 도착하니 오후 3시다.

입국심사장은 늘 사람을 긴장시킨다. 무슨 착오나 오해로 뒤쪽으로 끌려가지나 않을까…… 하며 내심 떠는 사람은 나뿐일까. 입국심사 때 날아올 질문이라면 ① 체류기간 ② 입국목적 ③ 숙박처 정도니까 순서를 기다리면서 머릿속에서 연습해본다.

① 에잇 데이즈

② 사이트시잉

③ 래디슨 블루 플라자 호텔 헬싱키

마침내 내 차례가 돌아와 여권을 내민다. 자, 뭐든 물어보시죠, 하고 태세를 가다듬었는데 아무 질문도 없이 간단히 통과됐다.

입국심사 줄에 늦게 선 탓도 있어서 결국 수하물 찾는 레인에 닿을 때까지 한 시간 넘게 걸렸다.

무사할까, 내 슈트케이스…….

있었다.

계속 돌아가는 빈 레인 바깥쪽에 오도카니 서 있다. 마침 직원이 "얘는 뭐야?" 하는 표정으로 조사하는 참이었다.

"디스 이즈 마이 배기지This is my baggage!"라고 외치며 잽싸게 챙겼다.

모든 난관을 돌파하고 핀에어 시티버스로 시내로 와 호텔에서 여유롭게 체크인 완료.

굉장해, 혼자 해냈잖아.

잘했어, 애썼어,라고 조용히 자신을 칭찬한다. 내가 나를 다독이는 이런 소소한 행위가 의외로 일상의 스트레스를 줄여준다.

체크인할 때 관내 사우나도 이용할지 묻는데 엉겁결에 "예스!"라고 대답이 튀어나가는 바람에 장소 설명과 더불어 전용 카드를 건네받았다.

사우나는 썩 좋아하지 않는다. 숨 쉬기도 갑갑할 뿐더러, 문이 안 열리면 어쩐다…… 같은 상상을 하느라 도무지 느 긋해지지 못하는 탓이다. 사우나를 좋아하려면 아무래도 심신이 터프해야 하지 싶다.

오후 5시. 밖은 아직 환하다.

기내에서는 늘 그렇듯 한숨도 자지 않고 영화를 봤지만, 방에 짐만 던지고 곧바로 산책하러 나왔다.

기온 18도. 거리를 오가는 사람들의 옷차림은 반소매부 터 가죽점퍼까지, 실로 각양각색이다. 내가 좋으면 그만이 라는 자유의 바람이 불고 있었다. 나는 긴소매 티셔츠에 얇은 울 카디건. 팔을 크게 흔들며 포석이 깔린 거리를 걷 는다.

저녁은 스토크만 백화점 지하 식품매장에서 이것저것 포장해다 먹어야지!

내일은 어디를 가볼까 하고 가이드북을 뒤적거리며 호 텔 방에서 저녁을 먹는 한 시간 후의 나를 상상하니 깡충거 리고 싶어졌다.

굉장해,
혼자 해냈잖아

둘째 날은 포르보.

포르보는 핀란드에서는 투르쿠 다음으로 오래된 도시로, 강을 따라 늘어선 빨간색 목조 창고군이 유명하다. 그림책에 나올 법한 사랑스러운 풍경이 가이드북에도 곧잘 소개된다. 그나저나 실제로는 어떤 느낌일까?

'헬싱키 시내에서 포르보까지 버스로 한 시간'이라면 가벼운 당일치기 코스라고 느끼는 사람과 해외에서 그건 좀…… 하고 긴장하는 사람으로 양분되지 싶다. 나는 긴장하는 쪽이다.

대형 쇼핑센터인 캄피 쇼핑센터 지하에 중앙 버스터미널이 있다. 1층에서 에스컬레이터를 타고 내려가면 티켓 판매소와 승차장이 나온다.

티켓 판매소에서는 창구에 줄을 서는 것이 아니라 기계에서 번호표를 뽑고 대기한다. 참고로 우체국이나 백화점 지하 식품매장도 같은 시스템인데, 번호표만 입수하면 확실히 용건을 말할 기회가 보장되니 안심이다.

창구에서 포르보까지 가는 티켓을 구입한다. 왕복 2500엔 정도다. 딱히 아무도 궁금해하지 않겠지만, 지난번 여행에서 뭔가를 손에 넣고 싶을 때는 I want~(나는 ~를 원합니다, ~를 사고 싶습니다)라고 했지만, 이번에는 Can I have~(~가 있습니까?, ~를 주세요)를 써보기로 했다. 사용해보니 정말 편리한 문장이라 톡톡히 덕을 봤다. 각종 티켓, 연어 수프, 시나몬 롤, 핫 초콜릿에 이르기까지, 아무튼 이 한 마디면 내 앞에 착착 나왔다. 셀프서비스 카페에서 "Can I have a coffee?"라고 주문하는 외국인을 보고 따라한 건데.

중앙 버스터미널은 목적지 표시가 알기 쉽게 되어 있어

서 승차장을 찾느라 헤맬 일은 없다. 더욱이 포르보는 종점이라 가만히 앉아 있으면 된다.

버스로 한 시간쯤 달리자 강변을 따라 빨간색 목조 창고들이 보이기 시작했다. 순식간에 지나가버리니까 사진을 찍고 싶으면 미리 준비해야 한다. 왼쪽에 앉을 것을 권한다.

창고군을 지나 조금 더 가면 종점 포르보 버스 터미널이다. 눈앞에 마리메꼬 매장이 보인다. 터벅터벅 걸어 창고군 쪽으로 되돌아간다.

하늘이 하얗다.

안개비가 내렸다.

아무도 우산을 쓰지 않는다. 쓰지 않아도 될 정도의 빗발이긴 하지만, 일본에서라면 누구나 우산을 쓸 정도의 빗발이다. 미스트 같은 비가 기분 좋게 뺨을 적신다.

이따금 비를 맞고 싶어지는 사람은 나뿐일까.

그다지 춥지 않은 날. 흠뻑 젖어가면서 거리를 마냥 쏘다니면 유쾌할 텐데. 물론 "뭐야, 쟤는?" 하고 싸늘한 눈길을 보내는 사람이 없어야 한다는 게 전제지만.

어느새 12시다. 카페에 들어가 커피라도 마시자. 포르보의 비는 금세 그쳤다.

최강의 여행 동반자, 아디다스 '부스트'

포르보를 일본 관광지에 비유하면 어디일까.

기념품을 파는 좁은 길, 골목으로 한 발짝 들어가면 오래된 민가. 역사가 긴 교회와 바다로 흘러가는 아름다운 강. 화려한 관광지는 아니지만 또 가고 싶어지는 곳. 어쩐지 시마네 현 쓰와노가 떠올랐다.

포르보 관광 거점인 거리에 기념품 가게와 카페가 모여 있고, 관광안내소에 일본어 팸플릿도 있었다. 맨 앞장에

"근사한 부티크, 매혹적인 요리, 기억에 남는 체험"이라고 되어 있다.

앳된 여성 직원이 팸플릿 지도를 펼치고 볼 만한 곳을 영어로 설명해주었다.

빨간색 창고 사진을 찍을 거면 여기가 좋아요! 하는 지점에 ×표.

지도에 ×표. 흠, 뭔가 사건 현장 같잖아. 일본이라면 이런 경우 ○가 일반적이다. 직원에게 괜찮은 카페도 추천해달라고 부탁했다.

제일 먼저 근사한 부티크부터 돌아본다. 잼과 홍차 가게, 부엌 용품과 초콜릿 가게. 소품 가게에서 마리메꼬 자투리 천으로 만든 핸드메이드 토트백을 샀다. 상점가처럼 가게들이 모여 있으니까 옆 가게로, 건너편 가게로 들락날락하며 천천히 나아가면 마지막에 포르보 대성당이 나온다.

팸플릿에 따르면 포르보 대성당은 14세기 초에 원형이 완성됐지만, 몇 번이나 파괴되고 강탈당하면서 1723년에야 대성당이 되었단다. 안에 들어가봤는데, 젊은 커플과 신부님처럼 보이는 사람이 있었다. 장식이 호화로웠지만 사진 촬영은 삼갔다.

대성당을 나와 팸플릿의 추천 코스대로 산책한다. 메인 스트리트에서 옆길로 들어가면 귀여운 파스텔색의 구시가지 집들이 나온다. 꽃들이 예쁘게 핀 정원을 밖에서 구경하면서 느릿느릿 걷는다. 현관 앞에 편한 의자가 놓여 있으면 공상 속에서 멋대로 앉아 쉬어간다.

공상.

사람은 많은 공상을 하면서 어른이 된다. 시시한 공상부터 용기가 샘솟는 공상까지.

마술사가 될 수 있다는 공상은 어린 나에게 용기를 주었다.

내 마법의 소도구는 '열쇠'였다. 장난감 열쇠를 열심히 모았다. 반짝거리는 황금색 열쇠, 분홍색과 하늘색 플라스틱 열쇠. 열쇠 하나하나마다 내가 고안한 긴 주문이 있었다. 그 소중한 마법의 열쇠를 한 번에 전부 써버렸다. 키우던 기니피그가 죽었을 때 '천국에 보내주세요'라고 마법을 걸었다. 그 이래 열쇠 수집은 졸업했다.

혼자 제방 끝에 서서 기니피그를 위해 마법을 걸었던 어린 날의 나. 타임머신이 있다면 그 모습을 한번 보고 싶다. 아마 왈칵 눈물을 쏟지 않을까.

지은 지 300년이 되었다는 강변의 빨간 창고군은 작은 다리를 건너가 건너편에서 봐야 예쁘다기에, 언덕길을 내려갔다. 발밑은 울퉁불퉁한 자갈이 깔린 길이라 걷기가 꽤 힘들다.

하지만 올해 나의 여행에는 최강의 동반자가 함께했다. 작년에 가죽 신발로 발을 혹사시켰기에 이번에는 기능성 운동화라는 아디다스 '부스트'를 장만했다. 폭신한 쿠션. 그러면서도 발을 적당히 조여주어 발뒤꿈치에 발군의 안정감이 느껴진다. 바닥이 고르지 못한 길에서도 제 실력을 발휘해주는 덕에 얼마든지 걷고 싶어진다.

핀란드 관광국 공식 홈페이지에 따르면 포르보 강변의 창고군에는 먼 나라에서 수입된 향신료 따위도 저장했었단다. 관광객도 제법 눈에 띄는데, 다들 비슷한 장소에서 사진을 찍는다. 생각보다 조촐한 곳이지만, 구름 낀 하늘에 빨간색이 어우러진 소박한 느낌이 좋았다. 창고군 뒤쪽으로 이어지는 구시가지를 포함하는 전경은 감탄이 나올 만큼 아름다웠다. 그야말로 '기억에 남는 체험'이다.

관광안내소에서 추천해준 '헬미'라는 카페도 가보았다. 앤티크 가구들이 놓인 예쁜 실내. 벽에는 오래된 인물 사진들이 걸려 있다. 진열창 속 케이크가 훌륭한 오브제 같다.

카푸치노를 마시며 잠시 쉬다가 화장실에 갔는데 문이 열리지 않는다. 계산대로 돌아와 물어보니, 아무래도 '아까 준 영수증에 번호가 있다'는 말 같다. 그 번호를 가지고 화장실로 가란다. 내 귀에는 콜 넘버,라고 들려서 "텔레폰?" 하고 놀라서 되묻자 어이없는 표정을 짓는다. 콜 넘버가 아니라 코드 넘버다. 잘 들여다보니 영수증에 네 자리 숫자가 찍혀 있다. 긴가민가 하는 심정으로 화장실로 다시 갔는데 손잡이(!)에 깨소금만 한 버튼이 네 개 달려 있지 뭔가. 영수증에 찍힌 번호를 입력하자 문이 열렸다. 의외의 첨단기술에 뭔가 주눅이 든다.

포르보는 세 시간쯤 투자하면 보고 싶은 곳은 대부분 돌아볼 수 있다. 아침을 너무 든든히 먹는 바람에 '매혹적인 요리'까지는 경험하지 못했다. 맛집도 꽤 있다니까 다음에는 꼭 먹어보리라 다짐하면서 돌아가는 버스에 몸을 실었다.

바다 위
작은 섬 동물원

　헬싱키 관광은 트램이 편리하다. 노선을 갈아타면 어지간한 장소는 갈 수 있고, 현지인과 관광객 모두가 애용하는 교통수단치고는 붐비지 않아, 어느 시간대에 타도 앉을 수 있다.

　'데이티켓'을 사면 트램, 지하철, 시내 버스, 공공 페리를 전부 이용할 수 있다. 1일권에서 7일권까지 선택할 수 있으니 여정에 맞춰 구입하면 좋다.

도착한 날은 도보로 이동 가능한 곳까지만 돌아다녔고, 둘째 날은 포르보. 셋째 날부터 본격적인 헬싱키 시내 관광인지라 아침에 데이티켓을 사두기로 했다.

호텔에서 아침을 먹고, 헬싱키 중앙역 내에 있는 키오스크에서 남은 여정 동안의 데이티켓(5일권, 약 3500엔)을 구입한다.

그건 그렇고 오늘은 동물원이다. 웬걸, 헬싱키에는 바다 위에 동물원이 있는 모양이다. 작은 섬이 통째로 동물원인 경우는 세계적으로도 드물다고 한다.

헬싱키 중앙역에서 이 코르케아사리 동물원으로 가는 버스도 있다는데, 여름에는 마켓 광장에서 직행 페리도 운항한다. 이왕이면 배로 상륙하자!

일단 트램을 타고 항구가 있는 마켓 광장으로. 데이티켓은 처음 탈 때 입구에 설치된 기계에 삑 하고 한 번 갖다 대면, 다음부터는 휴대만 하면 된다.

마켓 광장의 노점은 관광객으로 붐볐다. 후다닥 돌아보고, 항구의 매표소로 향한다. 아까 구입한 데이티켓을 사용할 수 있는지 창구에서 물어보니, 동물원행 페리는 유감스럽게도 별도 요금이란다.

항구에 '동물원'이라고 적힌 게이트가 있고, 마침 작은 페리가 멈춰 있었다. 슬슬 걸어가는데 직원이 '허리! 허리 Hurry! Hurry!' 하고 소리쳐서 도중부터 뛰었다. 내가 마지막 승객이었다.

객실은 1층과 지붕이 없는 2층으로 나뉘는데, 승객은 전원 2층에 앉아 있었다. 스무 명쯤 탔을까. 대부분이 아이들을 동반한 가족이고 커플도 좀 있다. 혼자 온 사람은 나뿐인데 그야 그렇겠지. 세계 어느 동물원이나 대충 이런 비율일 터다.

바닷바람이 기분 좋다.

조금 전까지 있었던 마켓 광장이 멀어지고, 전에 갔던 수오멘린나 섬도 보인다. 아아, 내가 여행을 오긴 왔구나~ 하고 느낄 겨를도 없이 10분 만에 동물원 섬에 도착. 편도 약 500엔이다. 티켓은 승선 후에 살 수 있다.

배에서 내리면 바로 매표소가 있고, 입장권은 어른이 2000엔 정도다. 동물원 지도를 얻어 느긋하게 걷기 시작한다.

우선 호랑이 우리가 나온다. 덩치 큰 호랑이가 많았다. 한 마리, 붙임성 좋은 녀석이 쭈그리고 앉은 내 앞에 다가

와 유리창 너머로 머리를 비비댄다. 윽, 귀여워, 하면서 쳐다보는데 갑자기 '세상 힙한' 현지 젊은이 몇 명이 스마트폰으로 음악을 쾅쾅 울리며 다가와 호랑이를 겁준다.

문득 생각한다.

여기가 〈쥬라기 월드〉 무대라면 댁들이 맨 처음으로 공룡에게 먹히겠어요.

호랑이와 작별하고 바다가 보이는 산책로를 걷는다. 동물들은 정해진 시간에 나오는지, 빈 우리도 제법 있다. 어느 우리나 널찍하고 풀이 무성해서 야생의 느낌이 살아 있다. 너무 야생적이라 정작 동물들이 안 보이는 면도 있지만, 동물들은 그만큼 스트레스를 덜 받을 테지.

조용했다.

그럼 됐다.

동물원에 음악은 필요 없다. 동물들은 듣고 싶지 않을 것이다. 섬이지만 숲속에 와 있는 느낌이다. 물가에서 피크닉을 즐기는 가족도 있었다.

사자도 있다. 순록과 낙타도 있다. 공작은 아예 풀어서 키운다. 밤에, 작은 배를 타고 동물들에게 못된 짓을 하러 오는 사람은 없을까.

곰을 보면서 식사할 수 있는 구역이 있다기에 가봤다. 곰 우리는 거의 작은 바위산이다. 카페 유리창 너머로 어슬렁거리는 곰을 볼 수 있다는데, 핀란드 가족들은 다들 바깥의 오픈 테라스에서 점심을 먹는다.

곰보다 태양이지! 하면서 핀란드인들이 짧은 여름을 맛보는 사이 일본인인 나는 곰을 독차지하는 자리에서 커피를 마신다.

동물원 안에 진짜 바위산도 있는 데다 인기척이 없는 곳을 건노라면 흡사 무인도 같다. 두 시간쯤 돌아보고 다시 배에 오르자 '무사 탈출!'이라는 글자가 절로 떠올랐다.

트램을 타고
하카니에미 시장에 가다

　내가 묵는 '래디슨 블루 플라자 호텔 헬싱키'의 조식 뷔페가 워낙 충실해서 본의 아니게 과식을 해버린다. 너무 달지 않은 시나몬 롤, 향긋한 호밀빵, 크루아상은 버터가 듬뿍. 치즈는 단단한 것부터 크림 타입까지 풍부하게 갖춰졌고, 풍부로 말하자면 요구르트도 만만치 않다. 채소 볶음에는 송이버섯이 후하게 들었다. 연어와 햄과 달걀 요리. 갓 짠 오렌지주스와 베리주스도 두말 할 나위 없이 맛있다. 이곳의 조식 뷔페를 적당량만 먹는 데는 초인적인 의지가 필요하다.

그렇지만 불과 며칠, 짧은 여행이다. 호텔 조식이 브런치가 되어버리면 억울하다. 이번 여행은 레스토랑에서 맛있는 점심을 먹으리라 벼르고 왔는데, 배가 꺼지지 않는 것은 큰 문제다.

그런 연유로 초인적인 의지를 발휘해 아침에 음료수와 과일만 먹고, 넷째 날은 가보고 싶었던 레스토랑에서 점심을 먹기로 한다.

트램을 타고 하카니에미에서 하차. 점심때까지 시간이 있어서 하카니에미 시장을 구경한다. 원래 이 시장은 클래식한 붉은 벽돌 건물로 된 곳에 있는데, 보수 공사가 한창이라 바로 옆 가설 건물에서 영업중이었다.

고기와 생선, 각종 조리된 음식을 파는 가게, 카페와 수프 가게. 눈에 익은 광경이다. 마리메꼬 매장은 눈에 띄지 않았다.

미니어처 소품 가게도 있었다. 미니어처는 귀여운 맛에 자꾸 사들인다. 실물과 꼭 닮은 냄비며 프라이팬. 케이크와 관엽식물과 전화나 TV. 집에 이미 미니어처 식탁 세트가 있는지라, 어울릴 법한 것을 발견하면 그냥 지나치지 못한다. 포르보의 장난감 가게에서 미니어처 일인용 소파와 사이드 테이블, 반짇고리 세트를 이미 구입했다. 여기, 하카니에미 시장에서는 한참 망설인 끝에 볼빅과 에비앙 생수, 와인 세트를 샀다. 작년에도 바로 이 가게에서 앙증맞은 나이프와 포크를 산 바 있다.

미니어처를 사는 심리가 문득 궁금해진다.

실물과 꼭 닮은 초미니 사이즈의 물건을 손에 넣고 기뻐한다. 이건 대체 뭘까?

내 경우, 원고를 쓰는 컴퓨터 책상 한편에 미니어처 코너가 있다. 한 시간 원고 쓰는 사이 족히 열다섯 번(어쩌면 그 이상인지도)은 눈이 간다. 그때마다 아마 잠깐씩 순간 이동을 하지 않나 싶다. 초미니 사이즈 미니어처 의자에 앉아, 미니어처 테이블에 놓인 미니어처 커피를 마시거나 하면서. 그러고는 다시 빅 사이즈 현실 세계로 돌아와 컴퓨터 키보드를 딸각딸각 두드린다. 미니어처 덕후들은 대개 이런 감각일까. 진지하게 대화해본 적이 없어서 모르겠지만, 앞으로도 그냥 모르는 채 살고 싶은 생각도 든다.

하카니에미 시장을 나와 뷔페 레스토랑으로 향한다. 출

발 전에 '채소가 맛있는 헬싱키 레스토랑'이라고 검색했더니 하나 나온 곳이다. 내 힘으로 찾아낸 줄 알았는데, 잘 보니 가이드북에도 실려 있었네……. 하카니에미 시장에서 걸어서 5분, '실부플레'라는 가게다.

점심은 11시부터다. 붐비는 점심시간을 피해 찾아와 문 열자마자 입장한다. 가게 한복판에 요리가 풍성하게 놓여 있다. 얼추 서른 종류쯤, 다채로운 샐러드와 조림 요리가 있다.

"접시에 양껏 담아 무게대로 계산하면 돼요!"

가게 점원이 빠른 영어로 설명해주었다.

"오케이, 아이 시!OK, I see!"

이해했다는 의사를 전할 때는 무조건 이걸로 가기로 했다.

큼직한 흰 접시에 요것조것 조금씩 담는다. 손님이 몇 명 들어와 제각기 진지한 얼굴로 접시를 채워나간다. 접시가 다 차서 계산대에서 무게를 재니 1000엔쯤이다.

창가 자리에 앉아 창밖을 내다보며 먹는다.

송이버섯에 바질소스를 듬뿍 뿌린 샐러드. 맛있다!

콜리플라워 토마토 조림은 살짝 매콤하다. 맛있다!

이것도 저것도 맛있다!

새삼, 신기하다. 태어나 자란 장소에서 이렇게 먼 나라에 와서, 그 고장 요리를 맛있다고 생각하는 일. 맛있다,란 신기하다.

점심을 먹은 다음 트램을 타고 '이딸라&아라비아 디자인 센터'에 들렀다가, 일단 호텔에서 쉬고 디자인 박물관에 갔다.

밤에는 노란 파스타를 먹었다. 노란 파스타는 다음 편에 자세히.

아침 식사가 알찬
래디슨 블루 플라자

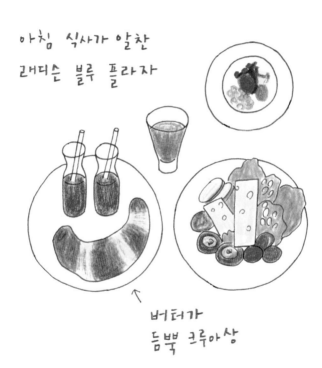

버터가
듬뿍 크루아상

로컬 맛집,
노란 파스타에 도전하다

밤, 핀란드에서 파스타를 먹었다. 일명 노란 파스타.

카운터에서 주문할 때 "노란 파스타를 먹고 싶은데요"라고 영어로 말하자 제꺽 알아들었다. 디자인 박물관과 오래된 빵집, 멋진 소품 가게가 포진한 지역에 있는 '넘버 나인'이라는 카페다.

가게 앞에 힙한 현지 젊은이들이 몇 명 서 있었다.

어이쿠, 이러면 들어가기 쉽지 않지.

어쩐다. 지금 포기하면 나중에는 더 시도하기 힘들 텐데. 에라, 모르겠다, 하고 열린 문 너머로 한 발짝 내딛었다.

붐볐다.

남자들끼리 와서 술을 마시는 그룹도 있었다. 카운터에서 주문하고 빈 테이블을 찾아내 앉는다. 내 뒤에 들어온 손님으로 만석이 되었다. 하루종일 영업하는 가게니까 오후 한가한 시간대를 노릴 걸 그랬다고 후회했지만, 저녁 시간대의 소란스러움도 살짝 즐거웠다.

옆 테이블에 고등학생쯤 되어 보이는 여자아이와 어머니, 할머니까지 3세대 여성이 앉아 있다. 아시안 메뉴를 택했는지 세 사람 다 면기에 담긴 면을 먹는다. 여자아이가 엄마와 할머니에게 나무젓가락 쓰는 방법을 열심히 가르쳐주는 모습이 귀여웠다. 젓가락의 나라에서 온 내가 홀금거리면 실례일 듯해 모르는 척하고 앉아 있었다. 어머니는 약 5분 만에 포크로 전환했지만, 할머니는 마지막까지 나무젓가락을 열심히 움직였다. 돌아갈 때, 나를 보고 생긋 웃어주었다.

노란 파스타가 나왔다. 가이드북에 의하면 진짜 이름은 '폴로 리모넬로'란다.

곁들여진 레몬을 무심코 짜버렸다. 한 입 먹었더니 당연히 레몬 맛이 난다. 망했다, 일단 맛부터 봤어야 하는데. 원래 무슨 맛이었는지 알 수가 있나.

간이 강하지 않다. 크림이 진하다. 향신료는 느껴지지 않으니까 카레에서 오는 노란색은 아닐 터다. 그럼 이 노란색의 정체는 뭘까. 사프란? 가이드북에도 맛에 대한 언급은 없다. 뭔지 몰라도 싫지 않아. 심지어 맛있게 느껴지는 걸. 아무튼 레몬 풍미의 노란색 생크림 파스타다. 부드러운 닭가슴살이 들어 있었다.

식사를 마치고 트램을 타고 이제는 내 집처럼 익숙한 칼파제르 카페에.

오픈 테라스석에서 핫 초콜릿을 마신다. 헬싱키의 9월 초순은 가을이다. 그런데도 밤 9시는 되어야 해가 진다. 긴 하루를 즐길 수 있다.

길을 오가는 사람들을 바라보며 패션을 생각한다.

나는 이번 여행에서 '여행 패션'에 눈떴다. 아니, 아주 결정을 봤다고 할까. 요컨대 최강의 여행 코디를 발견했다. 앞으로는 짐 쌀 때 고민 하나가 줄었으니 매우 흐뭇한 성과라 할 수 있다.

간단한 조합이다. 하양과 검정 줄무늬 티셔츠 + 통 좁은 검정 바지 + 검정 카디건 + 빨간색 립스틱. 딱히 획기적일 것도 없지만, 이렇게 입고 나서면 카페, 미술관, 레스토랑 어디서나 무난했다. 꾸민 듯 안 꾸민 듯, 나이에 상관없이 뭔가 멋 좀 아는 사람처럼 보이기도 한다.

이거다. 이걸로 가자. 어차피 여행 와서 날마다 같은 사람을 만날 일도 없고, 매일 똑같은 패션이면 어때. 갈아입을 옷이라면 줄무늬 셔츠 몇 장, 검정 바지 두세 벌, 심지어 카디건은 한 벌로 충분하리라. 여차하면 현지에서 사면 된다. 이렇게 '제복화'해버리니 세상 편하다. 아니 뭐랄까, 일본에 돌아가서도 이 패션으로 밀고 나갈까 생각하는 중이다.

칼 파제르의 핫 초콜릿은 맛이 개운한 편이라 당 보충이 간절할 때는 살짝 아쉬움이 남는다. 케이크를 주문하지 않은 것을 못내 후회하면서 가게를 나온다.

호텔로 돌아가는 도중에 후드득후드득 빗방울이 떨어졌다. 비는 곧바로 그치고 무지개가 나왔다. 흐릿하지만 무척 커다란 무지개다. 길을 걷는 사람들은 알아채지 못한다.

'하늘을 봐야 무지개를 본다.'(마스다 미리 격언)

한동안 바라보다가 호텔로 돌아갔다.

이딸라 유리잔을 두 개, 기분 좋게 쓰면 된다

자기 전이나 아침에 나갈 준비를 할 때 TV를 보면 '핀란드 사람들, 자기 집 소개하는 거 엄청 좋아하네~' 하는 인상을 받게 된다. TV를 켜면 어느 채널에선가는 그런 방송을 내보내고 있다. 일반인의 멋진 자택을 연예인처럼 보이는 사람들이 방문해 구석구석 구경하고 채점하는 프로그램을 몇 번이나 봤다.

겨울이 기나긴 나라다. 집에서 지내는 시간도 많을 것이다. 벽지를 생생한 색깔이나 꽃무늬 따위로 바꾸면서 조금이라도 밝게 꾸미려고 고심하는 흔적이 역력하다. TV에서 흘러나오는 핀란드어는 한마디도 못 알아듣지만, 높은 점수를 받고 기뻐하는 가족을 보면 나도 즐겁다.

멋진 걸로 말하면 어제 갔던 '이딸라&아라비아 디자인센터'다. 이딸라는 유리 제품, 아라비아는 도자기 제품을 만드는 회사다. 둘다 핀란드를 대표하는 식기 브랜드인데, 멋진 제품이 정말 많다.

공장도 견학할 수 있다는데, 내가 간 날은 토요일이라 공장은 휴무였다. 가게는 주말도 열려 있어서 이딸라 유리잔을 두 개 샀다. '카스테헬미 텀블러'라는 시리즈인데, 유리 표면에 이슬방울이 가득 달라붙은 것 같은 디자인이 특징이다. 일본에서 봤을 때 하나에 3000엔에 육박해 화들짝했는데, 아울렛 가격으로 1000엔 정도였다.

예쁘다. 너무 예뻐.

과연 우리 집 식탁에 어울릴까?

아니, 그런 게 다 무슨 상관이람. 아울렛인 것을. '완전 잘 샀다~' 하면서 기분 좋게 쓰면 된다. 실제로 귀국 후 지금, 이 원고를 컴퓨터로 쓰면서 이딸라 유리잔에 탄 아이스커피를 마시는데, 후회 없는 선택이었음을 실감한다. 써보고 알았는데, 무게도 마침 적당하다. 도톨도톨한 감촉도 좋다. 훌륭한 디자인은 어디서 누가 써도 훌륭한 디자인이었다.

그건 그렇고 닷새째는 오전에 헬싱키 시립미술관으로 향했다.

데이티켓을 사용해 트램을 타고 캄피까지 이동했다. 한 손에 가이드북을 들고 두리번거리지만, 미술관이 있어야 할 장소에 거대한 영화관이 있다.

미술관, 설마 망했나? 영화관 입구를 서성거렸는데 알고 보니 영화관 2층이 헬싱키 시립미술관이었다.

토베 얀손의 프레스코화를 기대하고 갔는데, 개최중인 기획전도 재미있었다. 거리나 전철이나 지하철 벽에 문자를 페인팅하는 '그라피티' 전시회다. 물론 금지된 행위지만, 사진과 동영상으로 미술관에서 제대로 감상하니 압권이었다.

스프레이 페인트를 붓처럼 움직여 전철에 문자를 적어 나가는 젊은이들. 당한 쪽은 분통 터질 일인데 관람객 눈으로 보면 아하, 이렇게 하는구나, 싶어 그만 감탄이 나온다. 그러고 보니 포르보 관광을 마치고 헬싱키로 돌아오는 버스를 탈 때, 가방에 스프레이 캔을 가득 채운 젊은이를 봤던 것 같다.

일요일 미술관에는 어린아이들을 데려온 가족도 많은데, 자녀들에게 '그라피티'를 어떻게 설명할까 궁금해졌다. 참고로 헬싱키는 열여덟 살 미만은 미술관 입장이 무료다.

헬싱키 시청사 식당을 위해 그렸다는 토베 얀손의 프레스코화가 두 벽면을 채웠다. '무민'과는 관계없는 인물화였지만, 무민이 지닌 어두운 부분과 통하는 면이 엿보였다.

어릴 때 TV에서 봤던 〈무민〉 애니메이션. 즐거움 속에 어렴풋이 침울한 쓸쓸함이 있었다.

겨울이면 깊은 눈 속에서 겨울잠을 자는 무민. 방랑하는 스너프킨과 말이 없는 해티패티.

해티패티…….

그러고 보니 기다란 팽이버섯 같은 그 생물은 대체, 뭘까.

무민 공식 사이트에서는 이렇게 설명한다.

"큰 무리를 지어 영원히 떠돌아다니는 말 없는 생물. 지평선을 향해 나아가는데, 그 여행은 끝날 줄을 모릅니다."

해티패티…… 그랬구나. 너희들은, 영원한 여행을 하고 있구나.

내 여행에도, 내 인생에도 끝이 있다. 반드시 있다. 그 또한 쓸쓸한 일이라고 해티패티들은 생각할지도 모른다.

작년에 포기했던
인기 채소 버거, 도전!

한번, 꼭 먹어보고 싶었다. '스토리'라는 카페의 점심.

스토리는 마켓 광장에서 가까운 시장, 올드마켓홀 안에 있는 카페다. 미슐랭에서 별을 획득한 레스토랑이 개발한 요리를 착한 가격에 맛볼 수 있어 인기란다. 작년에는 왠지 들어갈 용기가 나지 않아 포기했지만 올해는 도전하리라! 내 딴에는 일찍 갔는데도 이미 초만원이다. 자리 경쟁이 치열하다. 시장 통로 같은 장소라 애초에 좌석도 많지 않고.

단념하려는데, 캄피 쇼핑센터 레스토랑 플로어에 지점이 있다는 사실을 알았다. 좋았어, 그쪽을 공략하자.

점심시간을 피해 오후 3시에 가게에 도착. 일본의 백화점 식당가 같은 분위기다. 뭐랄까 혼자서도 들어가기 쉬운 분위기다. 입구가 개방형이라 가게 안이 훤히 들여다보인다. 빈자리가 충분하군. 커다란 창에서 햇빛이 쏟아져 들어왔다.

카운터에서 주문하고 미리 돈을 지불하는 시스템이었다. 인터넷에서 검색해봤는데 연어 수프가 맛있고 햄버거도 유명한 모양이다. 메뉴에 채소 버거가 눈에 띄어 주문했다. 번호표를 받아 테이블에 세워두면 가져다준다.

전망 좋은 창가 쪽도 비어 있었지만 굳이 카운터 가까이 앉는다. '저 여기 있습니다!'라고 어필하기 위해서다. 무료로 제공되는 물을 한 잔 떠 대기한다.

조금 있자 타원형 접시에 담긴 요리가 나왔다. 채소 버거 16.9유로. 2000엔 조금 넘는 셈이다. 그린 샐러드가 곁들여졌다.

햄버거빵이 한눈에도 부드러워 보인다. 한 입 크게 베어 물었는데 의외의 식감이다. 음? 그릴에 구운 큼직한

가지와 파프리카? 콩단백질 패티를 상상했던 터라 예상 외였다.

간도 마침 좋다. 맛있다. 하지만 절반쯤 먹었을 즈음 빵과 구운 채소뿐인 조합이 살짝 아쉬워져서 다음에 또 오면 고기 햄버거로 시키리라 다짐한다.

다 먹고 거리로 나왔다.

내일모레 돌아가니까 온종일 관광할 기회는 내일뿐이다. 갑자기 마음이 급해져서 오전 중에 헬싱키 시립미술관에 가놓고 또 키아스마 국립현대미술관으로 달려가고 말았다. 아니, 피곤하니까 미술관은 하루에 한 군데만 가기로 해놓고, 왜 또…….

키아스마 국립현대미술관은 역에서 가까워 매우 편리하다. 1층에 있는 널찍한 카페만 따로 이용할 수도 있다.

작년에도 느꼈지만, 현대미술 전시회는 영상작품 비율이 갈수록 높아진다. 그건 그것대로 재미있지만 이왕이면 공간을 마음껏 활용한 설치미술도 보고 싶다. 작가의 자유도랄까, 거침없는 발상을 눈앞에서 볼 수 있는 게 대형 제작물의 참맛이다.

"이 작품은요, 자동차를 천장에 대롱대롱 매달아주세요."

작가가 그렇게 요구하면 미술관도 두말없이 들어줄 텐데. 그런 작품을 볼 때면 역시 마음이 설렌다.

키아스마 국립현대미술관을 둘러보고, 트램을 타고 카페 '엔게르'로 향한다. 점심으로 채소 버거를 느지감치 먹었으니 저녁은 홍차와 디저트로 가볍게 마무리한다.

창가 자리가 비어 있었다. 당근 케이크와 루이보스 티. 잠시 독서 시간이다. 여행지에서 또 책 속 세계로 떠나는 호강스런 한때.

한참 만에 얼굴을 드니 창밖에 헬싱키 대성당이 보인다. 특등석이다. 독서와 관광과 티타임을 한꺼번에 누려보았다.

슈퍼마켓은
보기만 해도 행복해

슈퍼마켓은 즐겁다.

하루 관광을 마치고 피곤한 몸을 이끌고도 기어코 들를 만큼 즐겁다. 하도 참새가 방앗간 드나들 듯해서 어디에 뭐가 있는지도 훤히 안다. 그런데도 매일 한 시간은 어슬렁거린다.

시드르* 캔을 몇 번 샀다. 달콤한 맛과 드라이한 맛, 둘

* 사과즙으로 만든 발효주

다 마셔봤는데 나는 달콤한 맛이 더 좋았다. 살짝 취하기에 딱 적당한 도수다. 즐거운 하루였어, 하고 호텔 침대에서 잠드는 행복한 순간.

인스턴트 수프, 초콜릿, 마리메꼬 종이 냅킨 등도 볼 때마다 선물용으로 야금야금 구입한다. 덕분에 슈트케이스 안이 점점 슈퍼 진열대가 되어간다.

헬싱키 슈퍼마켓 계산대에는 직원용 의자가 있었다. 다들 앉아서 계산해준다. 의자는 있지만 서서 일하는 사람도 있다. 각자 편한 자세로 일하라는 뜻인 듯하다.

애초에 앉아서 계산해도 아무 문제가 없다.

이를테면 핀란드 단체 관광객이 일본을 찾았다고 하자. 가이드는 버스 안에서 어떤 설명을 해줄까.

"네, 여러분, 장시간 비행 고생 많으셨습니다. 오늘부터 일본 관광을 시작합니다. 몇 가지 주의 사항을 일러드릴게요. 일본 화장실에는 대부분 비데가 설치되어 있는데요, 특히 여자 화장실은 물소리 버튼이 있습니다. 이게 뭐냐 하면 말이죠, 배설음이 노골적으로 울리는 사태를 방지하는 기능이거든요, 그러니까 되도록 눌러주시고요. 네, 그리고 일본 슈퍼마켓 계산대에는 의자가 없습니다. 네, 그리고 일본에서는 횡단보도에서도 신호가 없으면 자동차가 좀처럼 멈춰주지 않습니다, 모쪼록 조심하시고요."

세계 '남녀평등 순위'라는 것이 있는데 2017년 일본은 114위, 핀란드는 3위다.

헬싱키 거리를 걸으면서 뭔가 주눅들었다. 대체, 일본에서 왔다고 하면, 어떻게들 생각할까.

'슈퍼마켓은 즐겁다'는 이야기로 돌아가서, 음, 그 코너는 뭐라 설명하면 좋을까? 사탕과 젤리 따위를 그램 단위로 파는 코너다. 가만히 구경하노라면 나까지 덩달아 즐거워진다. 몇 십 종류의 알록달록한 과자를 알아서 직접 종이봉지에 담으면 된다.

가격은 무게로 결정되니까 기껏 열 알쯤 톡, 톡 흘려넣는 사람도 있고, 푹푹 떠 담는 사람도 있다.

과자 고르는 모습이 이렇게 귀여울 일인가.

멈춰 서서 진지하게 고민하는 사람도 있다.

귀여워서, 자꾸 눈길이 간다.

아이뿐 아니라 남녀 불문 어른들도 제법 많이 사가는 게 뭔가 훈훈했다.

생각하지 말고 느껴라!

귀국 전날.

마리메꼬 본사로 향한다. 아울렛 매장에서 쇼핑도 하고 사원식당에서 점심도 먹을 계획이다.

핀란드 가이드북을 펼치면 반드시 실려 있는 마리메꼬 사원식당. 일반인도 이용할 수 있는 이른바 관광 명소 가운데 하나다.

사원식당은 오전 10시 30분부터다. 점심시간을 피해 문

열자마자 공략하는 작전이라 이날은 아침을 걸렀다.

헬싱키 중앙역에서 마리메꼬 본사에서 가장 가까운 헤르토니에미 역까지는 지하철로 10분 정도다. 예전에도 한번 가봐서 역에서 가는 길은 대충 기억한다. 설령 잊어버렸다 해도 길을 헤맬 일은 없다. 일본 여행자들이 무더기로 마리메꼬 본사를 향하기 때문이다.

역에 도착했다. 플랫폼에 내리자 곧바로 눈에 띄는 일본인들. 여성 두 명 무리가 압도적으로 많고 간혹 커플도 있다. 앞서거니 뒤서거니 하며 일제히 같은 방향으로 나아간다. 잠시 걸으면 가게 입구가 보인다. 마침 개점 시간인 오전 10시다. 얼추 서른 명쯤(대부분 일본인)이 줄을 지어 가게로 들어가는 중이었다.

엇, 문 열기 전부터 줄 서야 하는 거였어?

걸음이 절로 빨라진다.

입구에서 바구니를 받아들자 파블로프의 개처럼 가슴이 술렁거린다.

좋은 물건이 팔려버린다구!

눈과 손을 바삐 움직이며 옷 판매대를 왔다갔다한다. 200유로짜리 원피스가 50유로. 170유로짜리 치마가 40유

로. 생각하지 말고 느껴! 싸다고 느끼면 집어! 10시 30분에
딱 맞춰 사원식당에 들어가야 하니까, 척척 몇 장 골라 바
구니에 담아 계산대가 붐비기 전에 계산을 마친다.

그 길로 사원식당으로 향한다. 건물로 들어가 왼쪽이 아
울렛 매장과 정규 매장. 오른쪽이 식당이다. 전에 왔을 때는
식당 위치를 몰라 단념했지만, 이번에는 계산하면서 미리
물어봤다. 나 홀로 여행 기술도 확실히 진화하는 중이랄까.

막 문을 연 사원식당에는 사람이 거의 없었다. 얼추 백여
석이나 될까. 한가운데 긴 테이블이 몇 개 있고 2인용, 4인
용 자리도 있다.

카운터에 놓인 요리를 각자 접시에 담는 뷔페 형식이다.
식기와 쟁반도 전부 마리메꼬 제품이다.

마리메꼬 직원처럼 보이는 여성이 쟁반을 들고 요리를
고르기 시작했다.

좋아, 저 사람이 하는 대로 해야지.

그녀를 졸졸 따라가며 나도 요것조것 접시에 담는다. 보
아하니 채소 요리 중심이다. 그녀가 블루베리주스를 골라
서 나도 골랐다. 그녀가 우유를 골랐다. 나는 우유 마실 기
분은 아니지만 왠지 따라한다. 마지막에 빵을 한 쪽 자르고

버터를 올린다. 이윽고 계산. 양에 관계없이 11유로란다. 1500엔 정도다.

그건 그렇고 어디 앉는담? 붐빌 때 혼자 2인용 좌석을 차지하고 있으면 가시방석일 것 같아 긴 테이블 구석에 자리잡는다. 요리는 간이 강하지 않아서 좋았다. 콩단백질 튀김(같은 것)에 타르타르소스(같은 것)을 뿌린 요리가 맛있었다. 붐비기 전에 나가야지 생각하니 조급해져서 아직, 전혀, 붐빌 기미라고는 없는데 빛의 속도로 먹어치운다. 쓸데없이 소심한 인간이 바로 나다.

그러고 보니 이딸라 아울렛 매장에서 유리잔을 고를 때, 앳된 일본 여성들이 마리메꼬 종이 가방을 들고 있기에 "아울렛, 다녀왔어요?"라고 말을 걸었다.

"엄청 재미있었어요! 저희는 학생이라, 옷은 비싸서 못 샀지만요"라며 웃었다.

젊디젊은 여자아이들. 마리메꼬의 우니코* 원피스를 입으면 얼마나 잘 어울릴까. 흠, 그렇지만 비싸서 못 샀구나. 나는 어른이니까 살 수 있지만 이미 우니코 원피스는 어울리지 않는다. 살 수 있는데 살 수 없는 것이 쓸쓸했다.

---

* 양귀비꽃을 모티프로 한 마리메꼬의 대표 디자인

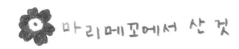
마리메꼬에서 산 것

아울렛에서 발견한
블라우스

어깨에 지퍼 달린
줄무늬 셔츠

하양x검정
줄무늬 셔츠는 사서
바로 입고 다님

토트백,
선물용으로
몇 개

120

앞치마

뒤에 리본 달린
블라우스

우니코
파우치

정사각형 스카프
(매는 방법 잘 모름)

날염
블라우스

최애 카페
최애 자리에서

얼마 있으면 여행이 끝난다.

핀란드 마지막 밤. 이제 불필요한 용기는 내지 않기로 하고, 좋아하는 요리를 포장해 호텔에서 먹기로 했다.

요리를 사고, 에스플라나디 거리의 '카페 에스플라나드'로 향한다. 현재 나의 최애 카페다. 거리가 잘 보이고, 널찍하고, 인테리어는 격조 있고 차분한데 어딘지 도토루*처럼 소탈한

* 일본의 비교적 저렴한 커피 전문점

면도 있다. 오래 있어도 아무도 눈치를 주지 않을 것 같은 분위기다.

나의 최애 자리가 비어 있었다. 루이보스 티를 쟁반에 담아 희희낙락 앉는다. 계단 옆, 따로 떨어진 자리.

밤이지만 아직 해가 넘어가지 않았다. 선물도 이것저것 샀네, 하고 대충 헤아려본다.

이십 대 무렵이었다. 친구와 싱가포르를 여행하다가 시계를 샀다. 아버지가 갖고 싶어했던 라도RADO 시계다. 선물이라고 건네자 몹시 기뻐했지만, 누가 우리 아버지 아니랄까봐 바로 잃어버렸던 것 같다. 유품 정리할 때도 눈에 띄지 않았다.

선물은 소중히 하지 않아도 된다고 생각한다. 주고받는 순간 반짝거리면 된 거다.

카페 에스플라나드에는 사람들이 많았다. 현지인도 있고 관광객 그룹도 꽤 있다.

해가 저문다.

밖에서 옅은 주홍색 빛이 흘러들어온다.

이곳에 있는 누구나가 그림 속 사람들처럼 보인다.

여행을 떠나면 왠지 평소보다 자주 죽음에 대해 생각한다.

지금, 여기서 마주 앉아 웃는 사람들도 언젠가 죽는다. 다들, 언젠가 죽는다는 걸 알면서도 이 순간을 즐긴다.

이를테면 내가 오래오래 살다가, 천천히 죽음을 맞는 순간이 온다면, 침대 위에서 오늘을 떠올릴까. 헬싱키 거리를 거닐던 무렵 나는 씽씽했지, 하면서 창밖을 바라볼까.

나는 아직 여기 있는데. 씽씽하게 여기 있는데. 어째서인지 미래에서 현재를 그리워한다.

시나몬롤과 홍차,
그리고 생각한 것

아침, 7시에 호텔을 나선다.

공기에서 겨울 냄새가 난다. 찬 공기를 깊이 한 번 들이켜고 트램 승차장으로 향한다.

드디어 돌아가는 날이다.

저녁 비행기라 시간이 넉넉하다. 빵집에서 시나몬 롤을 사 지퍼백에 담아 일본에 가져갈 계획이다.

먼저 항구 근처의 오래된 빵집 '에로만가'로 향한다.

가게 안에 조붓한 카페 공간도 있었다. 시나몬 롤과 호밀 빵을 포장하고, 모처럼 왔으니 커피와 함께 이 집 명물 피로시키*를 맛보기로 했다.

피로시키는 아직 조금 따뜻했는데, 속은 크로켓과 비슷했다. 보통 크로켓이 감자 9 : 다진 고기 1이라면, 에로만가의 피로시키는 감자 1 : 다진 고기 9의 비율이다. 다진 고기 속에서 때때로 감자 맛을 살짝 느끼는 정도랄까. 헬싱키에서 식사는 기본적으로 어디나 맛이 엷었다. 이 집 피로시키도 간이 강하지 않아 맛있게 먹었다.

다 먹어갈 때 일본인 남녀가 들어왔다. 서로 가볍게 인사를 나눈다. 그쪽도 가이드북 보고 찾아오셨군요, 하는 좀 겸연쩍은 '안녕하세요'다.

트램을 타고 이번에는 또 다른 빵집 '칸니스톤 레이포모'로 향한다. 이 집 시나몬 롤은 헬싱키 신문이 뽑은 시나몬 롤 랭킹에서 1위에 오른 적도 있단다. 가게가 몇 군데 되는데, 나는 헬싱키 중앙역 근처 가게로 갔다.

자칫 그냥 지나치기 딱 좋을 만큼 작은 가게다. 진열창을 들여다봤지만 시나몬 롤이 하나도 없다. 마법의 문장을 소환

---

* 밀가루 반죽 속에 고기소를 넣어 튀기거나 구운 빵

한다.

"캔 아이 헤브 어 시나몬 롤Can I have a cinnamon roll?"

점원에게 시나몬 롤이 있는지 묻자 '있다'고 한다. 카운터 뒤쪽에 산더미처럼 쌓여 있지 뭔가. 워낙 명물이라 쉴 새 없이 팔리니까 굳이 진열하고 말고 할 것도 없나보네. 한 개 사서, 일단 호텔로 돌아와 천천히 짐을 싼다.

체크아웃을 마치고 다시 트램을 타고 항구 쪽으로 이동한다. 작년에 갔던 카페의 수프 런치가 생각나서 또 가봤는데, 내부 장식은 그대로인데 가게 이름이 바뀌었다. 메뉴를 보니 수프가 있다. 채소 수프를 주문한다. 채소 종류는 알아듣진 못했지만, 토마토 베이스의 파 수프였다. 수프 위에 살짝 뿌린 발사믹 식초의 새콤한 맛이 절묘하고, 수프 자체에서 톡 쏘는 매운맛도 난다. 정말 맛있다. 이번 여행에서 단연코 제일 맛있었다. 종잇장 같은 피자를 먹는 사람들도 제법 있었다. 바뀐 가게 이름은 '카페 로브'였다.

마지막으로 걷고 싶었다.

트램은 타지 않고 천천히 산책한다.

도중에 에스플라나디 공원 안에 있는 레스토랑 '카펠리'에도 들어갔다. 어쩐지 선뜻 들어가기 어려워서 매번 지나치기만 했는데, 카페 코너는 셀프서비스였다.

뭐야, 뭐야, 부담 없는 곳이었잖아.

레스토랑 코너는 격조 있는 분위기지만, 일본어 메뉴도 있는 것 같았다.

홍차를 마시면서 바람에 흔들리는 공원의 나무들을 바라보았다.

우수수 떨어지는 낙엽들.

먼저 지는 낙엽들이 아직 남은 친구들에게 '안녕'이라고 말한다.

그런 눈으로 바라보자니 역시 한 번뿐인 인생에 절로 생각이 가닿는다.

얼마 있으면 나의 사십 대도 끝난다. 아버지를 떠나보낸 사십 대였다. 앞으로 얼마나 많은 소중한 사람들을 잃을까. 그것은 슬픈 일이 틀림없다.

하지만 슬퍼도 꼬박꼬박 배는 고프다. 다른 누구도 아닌 나 자신이 가르쳐준 사실이다.

힘든 일도 있었지만 무엇과도 바꿀 수 없는 사십 대였다.

여행도 많이 했다.

공원 끝에 항구가 보인다. 안녕, 헬싱키.

감을 믿고 살아간다

2019

3장

가까스로 마주한
따뜻한 카페오레와 시나몬 롤

12월 초순 헬싱키는 아직 눈 소식은 없고, 아침저녁 찬비가 내렸다. 차라리 눈이 나은데. 하늘을 올려다보면서 지난 엿새간의 여행을 되짚어본다.

여행 첫날. 이런저런 일이 터지는 바람에 호텔에 도착하니 해질녘이어서, 일단 당을 보충하려고 핀란드의 유명 초콜릿 가게 '칼 파제르 카페'로 향했다.

가게는 변함없이 붐볐다. 관광객도 있지만 현지인도 많

이 와서 편안하게 담소를 나눈다. 따뜻한 카페오레와 시나몬 롤을 주문하고 자리를 잡는다. 지금, 이 장소에 와 있으리라고는 불과 세 시간 전만 해도 상상해볼 여유가 없었다.

이런저런 일 그 첫번째.

슈트케이스를 찾지 않은 채 공항 밖으로 나온 사건.

수수께끼다. 어디서 어떻게 잘못됐는지 도무지 모를 일이다. 입국심사를 마치고 분명히 표시를 따라 나온 것 같은데, 웬걸, 수하물 레인에 닿지 못한 채 밖으로 나와버렸다.

내 슈트케이스의 운명은 어떻게 되는 것일까, 요?

JAL 카운터로 달려갔지만 하필 일본인 직원이 한 명도 없다. 그 말은, 내가 이 상황을 영어로 설명해야 한다는 소리다.

본래라면 "잘못된 출구로 가는 바람에 슈트케이스를 찾지 못했습니다"라고 말하고 싶었다. 하지만 내 영어로는 "슈트케이스를 찾는 걸 깜박했습니다"가 되어버린다. 상당한 덜렁이가 되어버렸다.

JAL 현지 스태프의 안내를 받아 뒷문을 통해 수하물 레인으로 가보니 한구석에 내 슈트케이스가 덩그러니 나와 있었다.

이런저런 일 그 두번째.

버스 잘못 탄 사건.

공항에서 헬싱키 시내까지 핀에어 시티버스(공항 리무진 버스)를 이용할 생각으로 밖으로 나왔는데, 대대적인 공사가 한창이었다. 버스 승차장을 찾아 앞으로, 앞으로 나아가지만 눈에 띄지 않는다. 냉정하게 생각하면 이 시점에서 이미 이상하다. 핀란드의 대형 항공회사 버스 승차장이 공항에서 멀찌감치 떨어졌을 리 없다. 그런데 나는 '공사중이고, 뭐 좀 멀리 있나보지'라고 생각하면서 공항을 뒤로 하고 하염없이 전진해, 드디어 거무데데한 귀퉁이의 버스 정류장에서 슈트케이스를 든 사람들을 발견하고 "오! 여기네!" 했던 것이다. 때마침 도착한 버스에 사람들을 따라 냉큼 올라탔다.

어째 돈 내란 소리가 없다. 후불이겠거니 하고 자리에 앉았다. 버스가 달리기 시작했다. 잠시 후 몇 사람 하차했다. 아무도 요금을 지불하지 않는다. 무슨 시스템이람. 운전사에게 "티켓을 사고 싶은데요"라고 말하자 "노!"라는 대답이 돌아왔다. 노? 오후 5시지만 바깥은 한밤중처럼 깜깜하다. 나 지금 어디로 가고 있나요. 아니 그보다, 이 버스는 대체 뭐냐고요.

"어쩌지……. 뭐야, 이거 무슨 상황이냐?"

불안해지자 절로 흘러나오는 혼잣말. 제 목소리라도 듣고 기운 내보자는 심리일까. 〈첫 심부름〉이라는 TV 프로그램에서도, 난생 처음 혼자 심부름 간 꼬마들이 계속 혼잣말을 중얼거리던데 영락없이 그 짝이다.

버스가 또 정차하고 몇 명이 그냥 내렸다. 좀 무뚝뚝한 기사님이라 긴장됐지만, 용기를 쥐어짜 물어본다. "헬싱키 중앙역에 가나요?" 안 간단다. 공항으로 다시 가란다. 아무래도 호텔에서 운영하는 버스를 타버린 듯하다. 마침 오래된 호텔 앞에 정차한 참이라 버스에서 내려, 프런트에 택시를 불러달라고 부탁해 무사히 해결했다. 공항 리무진버스라면 헬싱키 중앙역까지 1000엔도 들지 않는데, 택시비는 무려 6000엔. 생돈이 들었지만 누구를 탓하랴, 대충 아무 버스나 올라탄 내 잘못인 것을.

우여곡절은 있었지만 아무튼 칼 파제르 카페에 안착했다. 시나몬 롤은 코끝이 찡할 만큼 맛있었다.

배 타고 탈린으로
겨울의 크리스마스 마켓

북유럽, 겨울 여행이다.

눈 쌓인 거리를 상상하고, 슈트케이스를 끌고 이동하는 일을 최소화할 요량으로 이번 숙소는 헬싱키 중앙역 바로 옆 '오리지널 소코스 호텔 바쿠나'로 잡았다. 눈은 없었지만 추운 거리를 걸으면 금세 피로해지기 마련. 호텔이 편리한 장소에 있었던 덕에 수시로 돌아와 쉴 수 있었다.

호텔 예약은 일본에서 여행사를 통해 했는데, 큰 기대는 하지 않으면서도 '전망 좋은 방'을 요청해두었다. 그랬더니 체크인할 때 프런트 직원이 "좁기는 한데 뷰가 아주 훌륭한 방이 있어요!"라면서 헬싱키 대성당이 눈앞에 보이는 방을 배정해주었다. 덤으로 널찍한 루프 발코니가 딸려 있어 트램이 지나가는 모습과 헬싱키 거리가 한눈에 내려다보인다.

방은 확실히 좁아서 "슈트케이스는 어디에 펼치라고요?!" 하고 머리를 싸매야 했다. 사실 이렇게 좁기도 힘들지 싶다. 멋진 루프 발코니와 맞바꿨다 생각하면 참을 수있지만. 루프 발코니에 로망이 있는 사람에게 추천하고 싶은 9층 싱글 룸이다.

그건 그렇고 여행 이틀째는 배 타고 에스토니아 탈린으로.

첫날 공항버스를 잘못 탄 전력이 있는지라 "어째 이번엔 배도 실패할 것 같은데……" 하는 불길한 예감이 들었지만, 탈린의 크리스마스 마켓을 보고 싶은 마음이 더 컸다.

아침. 헬싱키 중앙역 앞에서 트램을 타고 항구로 향했다. 트램 노선 일부가 바뀌는 바람에 허둥댔는데 어찌어찌 시간에 맞춰 도착해 10시 30분 출항. 탈린까지 약 두 시간의 뱃길 여행이다.

이 배는 두번째 타보니까 뭐가 어떻게 돌아가는지는 안다. 자신 있게 계단을 올라가 9번 데크 플로어로. 셀프서비스 카페에서 딸기 스무디를 사서, 착착 테이블석을 확보한다. 한 층 내려가면 넓은 쇼핑 구역이 있지만, 지난번에 괜히 어슬렁대다가 뱃멀미를 할 뻔했던지라 신중을 기해 이동은 자제한다.

여행기도 쓰고, 멍하니 사람 구경도 하면서 시간을 보낸다.

문득 신기한 기분이 든다.

나는 지금 머나먼 이국의 바다 위에 있다. 탈린 나들이는 오늘 아침에 결정했으니 내가 핀란드 만에 있다는 사실은 가족이나 친구들은 모른다.

그 말은 이 배가 혹시 침몰해도 아무도 내 운명을 모른다는 소리잖아……. 문득 불안해졌지만 잘 생각해보니 승선하기 전에 여권 기록을 남겼으니 그럴 일은 없다.

탈린에 도착했다. 입국심사는 없고, 승객들이 줄줄이 하선해 에스토니아에 상륙한다. 전에도 느꼈는데, 내리는 사람에 비해 구시가지로 향하는 관광객은 별로 없다. 다들 어디로 사라지는 걸까? 투어 관광버스 승차장으로 가버렸을까.

세계유산인 구시가지까지 걷는다. 도중에 대규모 공사를 하고 있었다. 가이드북 지도가 무용지물이라, 해가 저문 후 돌아오는 길에는 왠지 미아가 될 것 같은 예감이다(아니나 다를까 미아가 됐다).

구시가지는 구 시청사를 바라보는 라에코야 광장을 중심으로 성벽에 둘러싸여 있다. 이 라에코야 광장 크리스마스 마켓이 유럽에서 가장 오래됐다고 한다.

성벽 안으로 들어간다. 설레는 마음으로 포석 깔린 길을 걸어 크리스마스 마켓으로 향했다.

이번 생은 강을 믿고!
맨 처음 맘에 든 걸 사면 돼

이른 오후 탈린의 크리스마스 마켓.

아직 사람들은 많지 않았다. 장갑과 머플러를 파는 노점을 중심으로 장식품, 사탕, 핫 와인을 파는 노점이 보였다.

그릴에 구운 소시지와 감자를 팔고 있었다. 베리보르스트라고 하는 검붉은 선지 소시지는 에스토니아에서는 크리스마스에 꼭 먹는 음식이란다.

아이들을 위한 회전 그네도 있었다. 작아서 보기만 해도 눈이 핑핑 돈다. 아이들이 신나서 떠들었다.

돌아가는 배는 저녁 7시 반이니까 시간은 충분하다. 크리스마스 마켓은 역시 어두워진 다음이 예쁘니까, 그때까지 구시가지를 산책하기로 했다.

에스토니아 수공예품은 무척 소박하고 귀엽다. 알록달록한 꽃 자수를 놓은 가방이며 벨트. 내 나이를 생각하면 '너무' 귀여워서 차마 구입할 용기가 나지 않는다. 장갑이라면 '너무' 귀여워도 죄는 아니지 싶어 손뜨개 장갑을 하나 장만하기로 했다.

손뜨개 상품 전문점에서 앳된 아가씨가 뜨개질을 하며 가게를 보고 있었다.

"이것들은 전부 직접 뜨셨어요?"라고 묻자 그렇단다.

한눈에 확 들어오는 장갑을 발견했다. 검은 바탕에 빨간 꽃무늬. 패턴도 솜씨도 정교하다.

애로 해야겠다!

그러면서도 다른 색깔, 다른 디자인은 없는지 뒤적거리는 나.

문득 이런 생각이 들었다.

맨 처음 맘에 든 걸 사면 돼.

더 좋은 것이 있으면 억울하잖아.

더 마음에 드는 게 나올지도 몰라.

실제로 마음이 바뀌어 다른 물건을 사는 일도 있다. 그건 그것대로 좋지만, 첫눈에 반한 물건을 데려가는 즐거움을 놓친다고도 할 수 있다.

앞으로 내 인생, 소소한 물건쯤 그냥 감으로 사는 거야!

왠지 그런 심경이 되어 맨 처음 눈에 들어왔던 검은 바탕에 빨간 꽃무늬 장갑을 얼른 샀다. 오래오래 써야지.

그뒤에도 이 가게 저 가게 드나들며 털모자, 자수 브로치, 에스토니아 직물로 만든 패치워크 파우치 따위를 감이 올 때마다 샀다.

아마 이번이 마지막 에스토니아 여행이지 싶다. 핀란드를 다시 찾는다 해도 배 타고 여기까지 오지는 않을 것 같다.

인생에는 한계가 있다.

헤어지는 장소가 있는가 하면, 헤어지는 사람도 있다.

이 여행 중에 어릴 때부터 나를 귀여워해주셨던 동네 아주머니가 돌아가셨다는 소식을 들었다. 가을에 문병 갔다가 돌아오는 길, 어쩐지 마지막이 되리라는 예감은 들었다. 물론 신칸센을 타고 매주 내려가면 만날 수 있지만, 그러지 않으리란 것도 그러지 못한다는 것도 알았다. 에스토니아도 나에게는 그만 헤어질 때다.

배가 조금 고파서 골목 안쪽 카페에 들어갔다. 천장이 높고, 붉은 벽돌 벽에 커다란 추상화가 몇 점 걸려 있었다.

창가 자리에 노트북을 펼치고 앉은 여자가 보인다.

저 사람이 혹시 작가라면 지금 어떤 글을 쓰고 있을까?

그렇게 생각하자 갈수록 작가처럼 보여서, 내가 그녀의 작품에 '탈린의 카페에서 본 동양인'으로 등장할지도 모른다는 즐거운 공상에 빠졌다.

주문한 샌드위치가 나왔다. 얇고 파삭한 잡곡빵에 알팔파가 듬뿍. 토마토, 파프리카, 살짝 매콤한 단호박 샐러드가 들었다. 전체적으로 심심한 맛이지만, 소금에 절인 올리브와 가지 피클이 악센트가 되어 균형을 잡아준다. 잊어버릴 즈음 파인애플인 것 같은 달콤한 과일이 씹혀 심심한 맛, 매운맛, 단맛의 조화가 아주 절묘하게 느껴진다.

조금 있으면 라에코야 광장 크리스마스 마켓이 불을 밝힐 시간이다. 식후의 뜨거운 홍차를 마시면서 해가 저물기를 기다렸다.

탈린에서 산 장갑

144

귀엽지만 조금 무서운
동화의 나라 탈린

　탈린 구시가지를 설명할 때 흔히 등장하는 키워드가 '중세의 모습' '동화의 세계'이다. 성벽, 탑, 석벽. 시대는 다르지만 영화 〈센과 치히로의 행방불명〉의 유럽 편을 찍는다면 딱 들어맞는 장소가 아닐까. 오래됐지만 아름답다. 귀엽지만 조금 무섭다.

　그렇다, 조금 무서운 구석이 있어야 동화적이라고 생각한다.

기념품 가게가 늘어선 상점가에서 골목길로 한 걸음 들어간다. 오래된 나무 창틀과 녹슨 쇠격자가 달린 지하실 창문. 인적 없는 조용한 길인데 뭔가가 지켜보는 듯한 기분이 든다.

그나저나 크리스마스 마켓이다.

라에코야 광장 크리스마스 마켓은 휙 둘러보기만 한다면 10분도 채 걸리지 않는다. 노점 숫자로 따지면 소규모다.

그래도 어두워질수록 사람들이 모여들어 떠들썩해진다. 대형 크리스마스트리 앞에서 너도나도 사진을 찍는다. 사람들의 입김, 먹을 것을 파는 노점에서 올라가는 하얀 김이 사방에서 어룽거린다.

알코올이 들어가지 않은 핫 와인이 있어서 사보았다. 테이블에 놓인 건포도와 얇게 썬 오렌지 조각을 넣어 마시라고 점원이 일러주었다. 첫맛은 새콤하고 뒷맛은 매콤하다. 양손을 따뜻하게 녹이며 마켓을 천천히 돌아본다. 시베리안 허스키가 그려진 오븐 장갑을 선물용으로 하나 샀다.

맞다, 핫 초콜릿을 마시러 가야 해. 지난번에 시간이 없어서 들르지 못한 카페가 있었잖아!

마켓을 벗어나 큰길에서 중정으로 들어간 곳에 가게가 있다. 찾기 어려워서 몇 번이나 그대로 앞을 지나치고서야 발견했다. 나처럼 가이드북을 한 손에 들고 왔다갔다하던 일본인 남녀에게도 가르쳐주고 싶었는데, 나중에 보니 어디로 사라져버렸다.

가게로 들어간다. 앤티크 가구들이 맞아준다. 핫 초콜릿은 예상보다 훨씬 달았지만 '가봤다'로 대만족! 아쉬움은 없다.

구시가지로 나와 선착장으로 향한다. 도중에 젊은이 두 명을 붙잡고 길을 물어보았다. 다들 친절했다.

헬싱키에 도착해 트램을 타고 호텔로 이동. 배가 별로 꺼지지 않아서 지하 슈퍼마켓에 들러 인스턴트 컵 수프를 샀다.

슈퍼마켓 손님들은 거의 대부분 현금을 사용하지 않는다. 이번 여행에서는 나도 커피 한 잔 사면서도 신용카드를 썼다. 간단해서 좋은 반면, 하루에 대체 돈을 얼마나 쓰고 다니는지 가늠이 안 된다. 나중에는 지출 내역을 생각하는 일조차 귀찮아졌다.

호텔 방에서 물을 끓여 컵 수프로 저녁을 대신했다. 치즈 맛이다. 길이가 짧은 파스타가 들어 있었다. 맛이 꽤 괜찮아서 나중에 선물용으로 다섯 개쯤 더 샀다.

탈린의
크리스마스
마켓

어두워진
다음이
역시 이쁘다

독립기념일과
초콜릿

12월 6일은 핀란드 독립기념일이다. 러시아 통치하에서 독립한 지 2019년 기준으로 102년. 이날은 공휴일이라, 공공시설을 비롯해 많은 가게가 문을 닫는다.

여행 사흘째.

호텔에서 아침을 먹고, 빗발이 약해진 이른 오후부터 거리로 나왔다. 스타벅스도, 아카테미넨 서점도, 스토크만 백화점도 문을 닫았다.

에스플라나디 거리의 '카페 에스플라나드'는 영업중이라 따뜻한 홍차를 마신다. 시원시원하게 움직이는 종업원들을 보는 재미도 이곳의 매력 가운데 하나다.

가게를 나올 즈음에는 비가 그쳐 있었다. 걸어서 세네트 광장으로 향한다. 오늘부터 크리스마스 마켓이 시작될 터다.

헬싱키 대성당 앞 세네트 광장에 노점이 많이 나와 있었다. 집 모양 노점들이 흡사 요정들의 공동주택 같다. 초대형 크리스마스트리와 멋진 회전목마도 설치되었다.

노점을 한 줄씩 돌아본다. 털모자 노점이 눈길을 끌었다. 빨강, 파랑, 분홍, 초록. 갖가지 색깔 모자 꼭대기에 역시 갖가지 색깔 방울을 마음대로 골라 달 수 있다. 재미있어 보여서 하나 사기로 했다. 나는 짙은 청색 모자에 회색 방울을 골랐다. 주인 청년이 그 자리에서 솜씨 좋게 모자에 방울을 달아 준다.

"어디서 오셨어요?"라고 청년이 영어로 묻기에 일본이라고 하자 "내년 봄에 나도 일본에 가요"라는 말이 돌아왔다. 일본에 사는 친구와 후지산에 오를 계획이란다. "후지산은 무척 아름다운 산이에요"라고, 교과서에서 배운 영어로 말하자 "그래도 위험하죠?"라고 그가 물었다. 후지산에 오른 적은 없지만, 높은 산이니까 위험도 따를 터다. 가벼운 복장으로 올라갔다가 난처한 일을 당하지 않기를 바라면서 "그럼요, 위험하니까 조심해서 즐기세요!"라고 일러주었다.

방울을 단 모자를 곧바로 쓰고, 작별인사를 한다.

"그럼, 다음엔 일본에서 만나요!"라면서 청년이 웃었다. 웃는 얼굴이 귀여웠다. 이 청년이 일본에서 좋은 추억을 만들면 좋겠다고 생각했다.

크리스마스 마켓을 더 돌아보다 도넛 먹는 사람을 목격했다. 어디야? 어디냐고! 눈을 크게 뜨고 찾아보니 도넛을 즉석에서 튀겨주는 노점이 있었다. 뜨거운 커피와 함께 하나 사서 벤치에 앉는다.

사각사각한 설탕이 듬뿍 묻은 도넛이다.

한 입 베어 문다.

이-런-도-넛-을, 나는, 오래전부터, 먹고 싶었다고오-!

마음속에서 부르짖는다.

결코 파삭한 식감이 아니다. 그런데 빵 같지도 않다. 그런 도넛.

너무 맛있잖아……. 왠지 눈물이 날 것 같다.

도넛의 여운을 안은 채 크리스마스 마켓을 어슬렁거린다. 수제 잼, 양초, 액세서리. 물론 핫 와인 노점도 있다. 핀란드 명물 카리알란피라카 파이 노점에는 긴 줄이 늘어서 있었다.

몸이 차가워져서 일단 호텔로 돌아갔다. 저녁에 독립기념일 퍼레이드가 있다기에 보러 갈 생각이다. 그때까지 잠시 휴식이다.

방에 돌아오니 초콜릿과 영어 메시지가 놓여 있었다.

"고마워요! 초콜릿을 당신께."

아, 그렇지. 오늘 아침 방을 나가기 전, 베개 밑에 팁을 넣어뒀다. 핀란드에서는 팁이 필요 없지만 마침 축일이니까, '독립기념일 축하해요'라는 메시지와 함께 5유로를 두고 나갔다. 초콜릿은 그 답례였다. 기쁨을 나눠 가진 것이 흐뭇했다.

너무 재밌어

ㅈ 도넛 먹음

세네트 광장의 크리스마스 마켓

내가 카페에서 주문한 것은?

핀란드 독립기념일 퍼레이드. 인터넷을 검색해보니 저녁 5시쯤 에스플라나디 거리로 가면 볼 수 있다기에, 거리 옆 카페 에스플라나드에서 대기했다.

매우 심플한 퍼레이드다. 흰 베레모를 쓴 많은 젊은이들이 횃불을 손에 들고 행진한다. 소란을 떨거나 장난치는 사람은 아무도 없었다. 행렬은 항구의 대통령 관저를 경유해 세네트 광장까지 나아가고, 광장 대계단에서 30분쯤 기념식이 진행된다. 그 앞쪽에 크리스마스 마켓 노점이 나와 있어서 기념식은 잘 보이지 않았지만 엄숙한 분위기였다.

얼어붙은 몸을 녹이려고 칼 파제르 카페로 향한다.

가게 문을 연 순간 밀려드는 달곰쌉싸름한 초콜릿 향! 따뜻한 실내에서 남녀노소가 테이블을 차지하고 담소를 즐긴다. 혼자 와인을 마시는 여성도 있다.

나는 카푸치노. 그러고 보니 이번 여행 중에 어느 카페에선가 카푸치노를 주문했는데 "파쿠치*?" 하고 되물어온 일이 있었다. 설마, 거기서 고수를 왜 찾겠냐고~ 하면서 나중에 혼자 웃었는데, 잘 생각해 보면 고수는 영어로 '코리안더coriander' 아닌가.

나는, 대체, 뭘 주문한 사람이 된 거야?

스마트폰 구글 번역기를 돌려 마이크에 '파쿠치'라고 말해 봤더니 'Buckcherry(벅체리)'란다. 미국의 록 밴드라는데? 카페 카운터에서 뜬금없이 남의 나라 록 밴드를 찾는 일본인, 그게 바로 나였는지도 모른다.

참고로 헬싱키에서 홍차를 주문하면 반드시 종류를 물어오므로, 처음부터 '루이보스 티'라고 콕 집어 주문하는

* '고수'를 뜻하는 일본어

편이다. 아무리 어설픈 발음이라도 '루이보스 티'는 '루이보스 티'라고 알아듣는다. 참으로 마음 든든한 음료수랄까.

차를 마시는데, 가게 안에 아는 얼굴이 있었다. TV에서 가끔 본 일본 연예인이다. 현지 촬영을 왔는지, 스태프처럼 보이는 사람들도 눈에 띄었다. 다들 선물용으로 초콜릿을 사느라 바빴다.

밤에는 호텔 방에서 1년에 한 번 방영되는, 핀란드에서 전국민적으로 인기 있는 프로그램을 시청했다.

독립기념일에는 대통령 관저에서 파티가 열리는데, 그 모습을 매년 생중계하는 모양이다. 유명 인사, 스포츠 선수, 각국 대사 등 2000명 가까운 내빈이 속속 도착해 대통령 부부와 악수를 나누고 회장으로 들어간다. 두 시간에 걸친 악수 현장을 마냥 내보낼 뿐인데 그게 굉장한 인기란다. 참석자들의 의상 특히 여성들의 드레스를 품평하는 것이 일반적인지, 이튿날 신문 여러 면을 드레스 사진이 점령했다.

오늘은 맛있는
수프를 먹자!

그래, 오늘은 맛있는 수프를 먹자!

수프 전문점 '소파케이티오'의 수프를 먹으려고 지하철을 타고 하카니에미 시장으로 향한다. 이번 여행에서 데이티켓을 이용해 처음 타는 지하철이다.

키오스크에서 데이티켓을 살 때 "AB?"라는 질문을 받았다. A인지 B인지 선택하라는 말인가 싶어 "헬싱키만 관광할 건데요"라고 영어로 대답하자, 제일 싼 AB존 티켓을 내

주었다. A냐 B냐가 아니었구나.

사고 나서 알았는데, AB라 해도 상당히 범위가 넓다. A는 헬싱키 중심부. B는 헬싱키 주변부. 이번에 지하철로 갈 예정인 에스포에 있는 근대미술관도 AB존에 포함된다. 더 멀리까지 이용할 수 있는 C나 D 티켓도 있는데, 보아하니 AB라든가 ABC, BC, BCD처럼 조합해서 선택 가능한 모양이다. 존을 물어온 것은 이번이 처음이었다.

하카니에미 시장은 여전히 공사중이라 가설 점포 상태였다. 소파케이티오 개점 시간까지 15분쯤 남아서 시장을 어슬렁거리다가, 해마다 들르는 미니어처 소품 가게에서 흰색 선반을 하나 더 샀다.

수프 가게가 문을 열자 처음으로 입장해 자리를 잡는다. 오늘의 채소 수프는 토마토 수프. 깍둑썰기한 치즈가 들어 있다. 양이 푸짐해서 수프만 먹어도 배가 부르다. 그래놓고 잠시 후 마켓 안 카페에서 생크림이 흐벅지게 들어간 도넛을 주문하는 나. 크리스마스 마켓에서 감동적으로 맛있는 도넛을 먹은 이래 몸이 지속적으로 도넛을 요구한다. 무서운 현상이다.

지하철과 트램을 갈아타고 '오르나모 디자인 크리스마

스' 행사장으로 향한다. 원래 공장이었던 건물을 문화센터로 개조했는데, 거기서 크리스마스 마켓이 열리는 모양이다.

공장이라지만 근사한 벽돌 건물이었다. 대학 건물처럼 보이기도 한다. 쇼핑하러 오는 사람들이 많아서 트램에서 내려 그냥 인파에 묻어가면 도착한다.

체육관 같은 널찍한 공간에서 마켓이 열렸다. 건물 안이라 따뜻해서, 구경하다보면 살짝 땀이 밴다. 예술품 같은 각양각색 소품과 그림책, 옷 등이 간이 테이블에 놓여 있다. 작가가 직접 설명도 하고 판매도 하면서 손님들과 교류를 즐겼다. 모처럼의 기회니까 핀란드제 가죽 포셰트*를 하나 샀다. 마음에 들어서 여행 후반에는 이것만 들고 다녔다.

피곤해서 일단 호텔로 돌아온다. 침대에 드러누워 눈을 감았다.

이번 여행에서는 '맞지 않는 사람'을 생각해본다.

가볍게 인사만 나눴을 때는 느낌이 좋았는데, 이야기를 길게 해보면 묘하게 답답한 사람이 때로 있다.

* 납작하고 작은 가방

'답답하다'에서 '거북하다'로 바뀌는 것은 빠르다. 순식간이다. 거기서 '싫다'로 악화하지 않으려면 '얽히지 않는' 수밖에 없다고 생각한다.

사람을 싫어하는 일은 피곤하다. 되도록 싫어하고 싶지 않다. 가능하면 '거북하다' 단계에서 멈추고 싶다.

얽히지 말자는 결론을 얻기 위해 아무튼 한 번은 얽혔어야 할 사람이라고 생각하면 웬만한 일은 견딜 수 있겠지.

그런 생각을 하다가 잠들었다.

루드 브뤼그의
작품을 찾아서

저녁을 먹으러 이제는 친숙한 카페 엔게르로 향한다. 오랜 전통을 자랑하는 이 카페에서는 창 너머로 헬싱키 대성당이 보인다.

가게 안은 꽤 붐볐다. 주문하고 실내를 휘둘러보면서 새삼 이런 생각을 했다.

'헬싱키 사람들은 앉는 자리에 딱히 얽매이지 않는 것 같아.'

가게에 들어온다 → 가까운 빈자리에 대충 앉는다. 아무래도 내 눈에는 이렇게 보였다. 신기한 것이, 어디 앉아 있어도 그들은 편안해 보인다. 자리 따위에 연연하지 않을 수 있으면 인생의 스트레스 하나가 줄어들지 싶다.

레드비트 버거가 나왔다. 레드비트 패티는 두 겹이고, 구운 양송이가 곁들여졌다. 마요네즈는 변함없이 엄청난 양을 자랑한다. 무서워도 기어코 보는 심리가 이런 걸까. 알면서도 또 주문하고 말았다.

이튿날은 일요일. 헬싱키 옆에 위치한 에스포에 있는 근대미술관EMMA으로 향한다.

헬싱키 중앙역에서 데이티켓을 이용해 지하철 타피올라역에서 하차한다. 플랫폼에 커다란 여자아이 오브제가 있었다. 그쪽으로 나아가, A출구를 통해 큰 거리로 나간다. 큰 거리라지만 양쪽에 이렇다 할 가게도 없고, 숲과 맨션이 드문드문 보일 뿐이다. 해가 지면 완전히 깜깜할 것 같아서 밝을 때 돌아오기로 한다.

로터리에서 왼쪽으로 꺾어지자 근대미술관이 보였다. 역에서 15분쯤 걸었을까.

목적은 루트 브뤼크의 작품이다. 핀란드를 대표하는 아티스트인데, 실은 최근까지 나도 잘 몰랐다. 우연히 도쿄 스테이션 갤러리 전시를 보러 갔다가 반했는데, 알아보니 핀란드 근대미술관이 그녀의 작품을 다수 소장했단다.

핀란드 도자기 브랜드 '아라비아'의 전속 아티스트였던 루트 브뤼크는 도자기판 작품을 많이 만들었다. '집'을 모티프로 한 작품이 귀여워서, 꼭 한번 더 보고 싶던 터라 기대가 컸다.

입장료를 내고 "루트 브뤼크의 작품은 어디 있나요?"라고 접수대 직원에게 물었더니, 원래 느낌이 좋았던 얼굴에 함박웃음이 번진다.

일부러 보러 여기까지 와줬군요! 하는 웃음일까.

우선 루트 브뤼크부터. 2층 전시실이었다. 그녀의 아틀리에 풍경이며 제작에 사용했던 도구를 볼 수 있다.

도자기판 작품을 전시한 방식에 내심 놀란다. 철망 같은 것에 척척 걸쳐놨을 뿐이다. 이렇게 캐주얼하게 감상해도 된다고요? 도쿄 스테이션 갤러리의 엄중한 경비를 떠올린다.

기대하고 왔던 작품도 있었다. 에메랄드그린 빛깔의 집.

이런 작품을 내 집에 걸어두고 매일 바라볼 수 있다면 얼마나 근사할까.

루트 브뤼크를 만끽한 다음 다른 작가의 전시를 느긋하게 돌아본다.

체중계를 모티프로 한 작품이 있었다. 바닥에 체중계를 한 이백 개쯤 늘어놓았는데, 신발을 벗고 자유로이 밟고 다닐 수 있었다. 지인과 함께라면 눈치가 보일 테지만, 혼자니까 거침없이 체중계 위를 누벼본다. 체중계 두 개에 한 발씩 올리면 눈금이 각각 절반으로 내려간다. 당연한 일인데 감탄하는 나.

나의 몸무게.

이 세계에 살아 있는 자의 무게.

세상을 떠난 사람들에게는 이미 무게가 없다. 그렇지만 남은 사람의 가슴속에 그들은 살아 있다. 여행중에 부음을 들었던 동네 아주머니도 웃음 띤 그리운 얼굴로 내 가슴속에 계속해서 살아 있다. 체중계에 반영되지 않는 먼저 간 사람들의 무게와 함께 있는 나.

그런 일을 생각하는 시간도 작품의 일부인지 모른다.

여러 아티스트가 표현하는 '마이클 잭슨' 전시도 있었다.

그 가운데 한 영상 작품이 무척 재미있었다. 세상을 떠난 마이클 잭슨이 다시 살아나 인터뷰하는 작품이다. 처음에는 생전의 인터뷰인 줄 알았는데 아무래도 이상했다. "이거…… 마이클……?"

웬걸, 마이클처럼 생긴 사람이 마이클처럼 대답하고, TV로 그 중계를 보는 사람들이 마이클의 부활에 환호하는 영상까지가 작품이었다. 나도 덩달아 마이클의 귀환이라니, 잘됐네, 잘됐어!! 하는 기분이 들었다.

미술관 1층 카페에서 홍차와 베이크드 치즈 케이크를 먹으며 잠깐 쉰다. 숲속에 자리잡은 조용한 미술관이었다.

카페 알토에서
상냥한 웃음과 재회하다

에스포 타피올라 역에서 다시 지하철로 헬싱키로 돌아와, 트램으로 갈아타고 템펠리아우키오 교회로 간다. 암석을 파내 만든 신기한 교회이다.

입장료가 3유로다. 예전에 친구들과 왔을 때는 분명 무료였는데, 그날은 왜 그랬지? 알아보니 금요일 오후 3시 이후는 무료였다.

콘서트홀처럼 넓은 내부와 높은 돔 천장. 바위가 그대로

드러난 벽이 와일드하다. 아코디언 주름을 펼친 것 같은 창에서 햇살이 흘러들어, 밖에서는 상상도 못할 정도로 실내가 밝다. 2층도 올라갈 수 있어서 그곳에 잠시 앉아 있었다.

거대한 파이프오르간이 보인다. 언젠가 소리를 들어봤으면. 바위 속에서는 소리가 어떻게 퍼질까.

템펠리아우키오 교회에서 캄피 쇼핑센터까지는 멀지 않아서 트램을 타지 않고 걷는다. 점점 화장실이 가고 싶어져 마지막에는 잔달음질해야 했다. 화장실이 비어 있을 것 같은 4층까지 올라갔더니 무인양품이 생겼지 뭔가.

화장실에서 나와, 가게 안을 한번 둘러본다. 큰 쇼핑몰 한 층 전체가 무인양품이었다. 한 달 전쯤 문을 열었는데, 유럽 최대이자 핀란드 1호점이라고 한다.

매장 구성은 일본과 거의 똑같다. 빵이나 케이크 등 일부 식품은 핀란드제이지만, 대개는 일본에서 볼 수 있는 제품이다. 라무네* 사탕이나 레토르트 카레라든가. 포장도 똑같다. 수납 물품과 가구도 있었다. 의류품 코너에는 사람이 많았다.

* 설탕과 레몬 향료를 넣은 물에 탄산을 녹인 청량음료. 사탕으로 나온 제품도 있다

아니 그보다, 오늘 내가 입은 터틀넥도 무인양품이네.

웃음이 나왔다.

오리지널 에코백이 눈에 띄어 선물용으로 하나 샀다. 계산대에서 무인양품 어플이 있느냐고 물어왔을 때는 갑자기 여기가 일본인가 싶었다. 그러고 보니 매장 내에 흐르던 음악도 귀에 익은 무인양품 스타일의 곡이었다.

카페도 있어서 차를 마실까 잠깐 고민했지만, 무슨 소리, 역시 카페 알토지!

캄피 쇼핑센터를 나와 아카테미넨 서점으로 향한다.

서점 1층에 크리스마스 선물용 책이 많이 나와 있었다. 삼각형 천창을 바라보면서 에스컬레이터를 타고 2층으로 이동한다.

카페 알토에는 내가 혼자 좋아하는 '언니'가 있다. 다행이다, 올해도 건재해서. 상냥한 웃음 띤 얼굴로 테이블 사이를 쌩쌩히 누비는 모습이 보기 좋다.

그녀가 재빨리 일본어 메뉴를 가져다준다. 카페라테와 사바랭*을 주문했다. 술을 촉촉이 머금은 한 입 크기의 사바랭. 맛있다. 맛만 보려고 한 개만 주문한 것을 후회했다.

* 럼주를 넣고 만든 둥근 스펀지케이크

저녁은 스토크만 백화점 지하 식품매장에서 요것조것 사다가 호텔 방에서 먹기로 하자. 편한 옷으로 갈아입고, TV를 보면서 느긋하게 먹는다.

여행 내내 몇 번이나 봤는데, 딸의 웨딩드레스를 가족이 총출동해 고르는 프로그램이다. 딸이 웨딩드레스를 입고 등장할 때마다 너도나도 "그 드레스는 안 어울린다, 밀카(가명)." "엄마는 그런 스타일 별로야!" 같은 말을 미주알고주알 늘어놓으며 수십 벌쯤 갈아입힌다. 그러고는 마지막에 "밀카, 그게 좋구나! 어쩜 예쁘기도 해라!" 하면서 일동 감동하는데, 물론 그중에는 눈물짓는 사람도 있다. 평화로운 프로그램이다. 일본에서도 제법 먹힐 것 같다.

이른 아침,
마지막 빵집 순례

돌아가는 날 아침.

일찌감치 일어나 빵을 사러 간다. 일본에 가져갈 요량으로 제일 큰 지퍼백을 챙겨왔다.

아직 날이 밝기 전이라지만 8시가 넘었다. 트램을 타고 '에크베리'로 향한다. 헬싱키에서 가장 오래된 빵집이다. 가게에는 내가 좋아하는 달달한 빵, 버터 풀라가 쌓여 있다. 이 집 버터 풀라는 향이 꽤 강하다. 짐작건대 향신료인

카다몬이다. 겉이 촉촉하다. 그런데도 브리오슈처럼 파삭함이 느껴져서 한번 맛보면 중독된다.

일본에 돌아가서 따뜻한 커피와 같이 먹어야지.

그렇게 생각하니 여행이 조금 더 연장되는 기분이다.

원하는 빵을 산 다음, 기왕 온 김에 옆 카페에서 따뜻한 카푸치노를 마셨다. 젊은 여성 점원이 "어디서 오셨어요?"라고 영어로 물었다. 일본이라고 대답하자 "나도 일본에 간 적 있는데. 하코네도 갔어요!"라며 웃었다.

"나도 하코네 간 적 있어요. 온천도 가봤어요?"라고 물어볼 수 있어서 뿌듯했다.

게으름 피우면서도 그럭저럭 계속 배우는 영어회화. 유창한 대화가 가능한 수준에 도달하기란 이번 생에는 틀렸지 싶다. 아니, 절대 불가능하다(단호).

그래도 '○○한 적 있다'라는 현재완료형은 회화에서 제일 많이 쓰는 문장이라, 나도 모르는 사이에 입에 붙은 것 같다.

"○○에 간 적 있어요?"

"○○에 한번도 간 적 없어요."

이것만으로도 여행지에서 현지인과 약간 교류한 기분을

맛보았다. 흐뭇한 발견이다.

호텔로 돌아와 짐을 싸고, 체크아웃. 저녁 비행기니까 슈트케이스를 맡기고 다시 거리로 나간다. 나에게는 마지막 미션이 남아 있다.

마지막 미션, '유리'에서 혼자 점심 먹기

겨울 핀란드, 나 홀로 여행.

마지막 미션은 '미슐랭 가이드에 실린 가게에서 점심 먹기'다.

디자인 박물관에서 가까운 '유리'라는 가게. 작은 접시에 담겨 나오는 사바스라는 요리가 유명하단다. 예약하지 않았으니 개점 직후를 공략하는 작전이다.

11시 30분 가게 앞에 도착.

오픈했다는 푯말이 걸려 있는데 가게 안이 어둡다.

문을 당겨봐도 꿈쩍도 하지 않는다.

휴일인가?

안을 들여다보니 종업원들이 보인다. 제복 차림이니까 휴일은 아닐 터인데. 찬바람을 맞으며 5분쯤 문 앞에 서 있다 혹시나 싶어 문을 세게 잡아당겼더니 열렸다. 멀쩡하게 영업중이었다.

가게로 한 발짝 들어간다.

"혼잔데요. 점심 먹을 수 있을까요?"

웃으면서 당당하게 말한다. 모르는 장소에서 친절한 대접을 받으려면 이게 최선의 방법임을 여행에서 배웠다. 안쪽 테이블에는 벌써 단체 손님이 자리잡고 있었지만, 다른 자리는 전부 비었다.

"물론이죠!" 하는 느낌으로 여종업원이 컴컴한 계단 뒤쪽을 손가락으로 가리켰다.

네? 저 자리라고요…….

인기 있는 가게라 과연 예약이 꽉 차버렸구나. 그래도 뭐, 나도 자리 따위에 연연하지 않는 인생을 살아보려던 참이다.

후미진 자리면 어때, 쿨하게 받아들이자!

꿋꿋하게 그녀가 가리킨 장소로 가보니 코트 거는 곳이지 뭔가. 그냥 "코트부터 걸고 오세요"라고 말한 거였네.

코트를 걸고 홀로 돌아오자, 분위기 좋은 창가 자리로 안내해주었다.

곧바로 메뉴를 가져다준다. 크리스마스 메뉴 하나뿐이었지만, 코스에 따라 요리 가짓수가 다른 듯하다.

"짧은 코스도 있어요?"라고 물었다.

있단다.

세 가지가 나오는 코스인데 메인 요리는 선택할 수 있단다.

돼지고기, 아니면 '뭔가'.

파이라는 단어만 겨우 알아들은 '뭔가' 쪽을 골랐다.

잠시 후 빵이 왔다. 크림에 가까운 버터 같은 것이 따로 곁들여졌다. 나중에 알았는데, 이것이 첫번째 요리였다. 여행에서 돌아와 한 달쯤 지나 이 원고를 쓰는 중인데, 두번째 요리가 도무지 생각나지 않는다. 잊어버리려면 차라리 빵 쪽을 잊어버릴 일이지…….

메인은 생선살을 발라 얇은 파이 껍질로 덮은 요리였다. 구운 한펜*과 식감이 비슷하다. 말랑하고 담백하다. 구운 채소를 곁들여 내왔다고 기억한다.

예약 손님들이 조금씩 들어오기 시작했다. 전체적으로 연령층이 높다. 옷을 제대로 갖춰 입은 사람도 있다. 나는 스웨터 차림이지만 딱히 잘못 들어온 느낌은 아니었다. 마지막까지 가슴을 펴고 앉아 깨끗이 먹었다.

추가로 커피와 디저트는 어떠냐고 물어왔지만, 빨리 미션을 완수하고 싶어서 계산을 부탁했다. 2500엔 정도. 카드로 결제하려는데 카드 판독기에 처음 보는 화면이 떴다. 팁을 지불할지 묻는다.

그런가, 이런 레스토랑에서는 팁 제도도 있구나.

YES를 터치한다.

그런데 잠깐, 팁이라면 얼마를?

금액을 입력해야 하는데, 모르겠다. 종업원에게 물어보니 '손님 재량껏'이라는 대답이 돌아온다. 그야 물론 그렇지만, 정말로 가늠되지 않아 보통은 얼마쯤 주냐고 묻자 '10퍼센트 주는 사람들이 많다'란다. 하기는. 파리에서도 그랬던 것 같다. 무사히 지불하고, 고맙다고 말하고 가게를 나왔다. 이 주거니 받거니로 인해 겨드랑이에 땀이 흥건히

---

* 생선살을 으깨어 마, 녹말 등을 섞어 찐 음식

흘렸는데, 땀을 바로바로 흡수하는 기능성 속옷을 입고 있어 천만다행이었다. 여행할 때는 속옷 선택이 중요하다는 점을 다시 한번 깨달은 귀중한 경험이었다.

항구의 올드마켓홀까지 걸어가봤다.

시장 안의 인기 수프 가게에 긴 줄이 늘어서 있었다. 식재료와 요리 따위를 재빨리 둘러보고, 소품 가게에서 핀란드제 모직 양말을 산다. 두툼해서 아주 따뜻해 보인다.

올드마켓홀을 뒤로 하고, 마지막으로 최애 카페 에스플라나드로 향한다. 뜨거운 카페오레를 주문했더니 예쁜 유리병에 담겨 나왔다.

오전 중에는 비가 왔는데, 창 너머로 보이는 에스플라나디 거리에는 해가 비친다.

헬싱키 일기예보를 보니 내일부터 계~속 눈 마크가 보인다. 바야흐로 기나긴 겨울이 본격적으로 찾아오는구나.

크리스마스 마켓에서 먹은 도넛은 최고였다. 아마도 이 계절에 또 오기는 힘들 테니 처음이자 마지막이겠지만, 다른 누군가가 먹어주면 그건 그것대로 좋으리라.

귀국한 날 석간에서, 핀란드에 서른네 살의 여성 수상이 탄생할 전망이라는 기사를 보았다.

마치며

좀 지쳤다 싶으면 곧잘 눈을 감고 공상한다.

지금, 나는 헬싱키에 있다.
호텔 로비를 가로질러, 문을 열고 밖으로 나온다.
물빛 하늘. 날씨가 좋다.
트램이 지나가고
나는 포석 깔린 길을 걷기 시작한다.
걸음이 빠른 핀란드 사람들.
내 걸음도 덩달아 빨라진다.
아카테미넨 서점으로 들어가,
에스컬레이터를 타고 2층 카페로 올라간다.
자리를 잡고 커피와 풀라를 주문한다.
후우, 한숨 돌린다.

오늘은 어떤 생각을 해볼까.

다시 거리로 나와, 마켓 광장이 있는 항구까지 걷는다.
바다가 보인다. 갈매기가 날아간다.

짧은 몇 분 동안, 내 집 소파에 드러누워 핀란드로 떠난다.
돌아오면 기분이 살짝 밝아진 느낌이다.

2020년 가을, 코로나 한복판, 도쿄

마스다 미리

시나몬 롤 영어회화

영어 교육에 열심인 핀란드.
여행중에는 거의 영어가 통합니다.
동사나 명사를 바꿔 넣어
가볍게 응용해보아요.

시나몬 롤 있나요?
Do you have cinnamon rolls?

어느 가게의 시나몬 롤을 추천하시겠어요?
Which cinnamon roll shop do you recommend?

근처에 시나몬 롤 가게가 있을까요?
Is there a cinnamon roll shop nearby?

방금 구운 시나몬 롤인가요?
Is this freshly baked cinnamon roll?

더 작은 시나몬 롤도 있나요?
Do you have a smaller size cinnamon roll?

Have a nice cinnamon roll!

시나몬 롤은 가게 안에서 먹을 수 있나요?
Can I eat cinnamon rolls inside?

시나몬 롤과 커피 주세요.
I'd like a cinnamon roll and coffee.
(I'll have a cinnamon roll and coffee.)

시나몬 롤 다섯 개 포장해주세요.
I'll have five cinnamon rolls to go, please.

시나몬 롤을 처음 먹어봐요.
This is my first time to eat cinnamon rolls.

이렇게 맛있는 시나몬 롤은 먹어본 적 없어요.
I've never eaten such a delicious cinnamon roll before.

내일도 시나몬 롤을 사러 올게요.
I'll come back tomorrow to buy cinnamon rolls again.

Let's shop!

시나몬 롤 영어회화

考えごとしたい旅 フィンランドとシナモンロール (益田ミリ)
KANGAEGOTO SHITAI TABI FINLAND TO CINNAMON ROLL

Copyright ⓒ 2020 by Miri Masuda Original Japanese edition published
by Gentosha, Inc., Tokyo, Japan
Korean edition is published by arrangement with Gentosha, Inc.
through Japan Creative Agency Inc., Tokyo and BC Agency, Seoul

이 책의 한국어판 저작권은 BC 에이전시를 통해
저작권자와 독점계약을 맺은 이봄 출판사에 있습니다.
저작권법에 의해 한국 내에서 보호를 받는 저작물이므로 무단전재와 복제를 금합니다.

Ↄ Ↄ

생각하고 싶어서 떠난 핀란드 여행

초판 1쇄 인쇄 2021년 9월 2일
초판 1쇄 발행 2021년 9월 14일

지은이 마스다 미리
옮긴이 홍은주
펴낸이 고미영

편집 고미영 이예은
디자인 최정윤
마케팅 채진아 유희수
홍보 김희숙 함유지 김현지
    이소정 이미희 박지원
제작 강신은 김동욱 임현식
제작처 영신사

펴낸곳 (주)이봄
출판등록 2014년 7월 6일 제406-2014-000064호
주소 10881 경기도 파주시 회동길 455-3
전자우편 yibom@yibombook.com
팩스 031-955-8855
문의전화 031-8071-8671(마케팅)
        031-955-9981~3(편집)

ISBN 979-11-90582-52-0 03830

• 이 책의 판권은 지은이와 (주)이봄에 있습니다.
  이 책의 내용의 전부 또는 일부를 재사용하려면 반드시 양측의 서면 동의를 받아야 합니다.
  이봄은 (주)문학동네의 계열사입니다.

• 잘못된 책은 구입하신 곳에서 바꿀 수 있습니다.

 springtenten yibom_publishers